당신의 직장생활은

안녕하십니까

당신의 직장생활은 안녕하십니까

정년 퇴직을 꿈꾸는 직장인의 하루살이 시트콤

초 판 1쇄 2024년 08월 22일

지은이 이용화
펴낸이 류종렬

펴낸곳 미다스북스
본부장 임종익
편집장 이다경, 김가영
디자인 임인영, 윤가희
책임진행 김요섭, 이예나, 안채원

등록 2001년 3월 21일 제2001-000040호
주소 서울시 마포구 양화로 133 서교타워 711호
전화 02) 322-7802~3
팩스 02) 6007-1845
블로그 http://blog.naver.com/midasbooks
전자주소 midasbooks@hanmail.net
페이스북 https://www.facebook.com/midasbooks425
인스타그램 https://www.instagram.com/midasbooks

© 이용화, 미다스북스 2024, *Printed in Korea*.

ISBN 979-11-6910-769-3 03810

값 19,000원

미다스북스는 다음세대에게 필요한 지혜와 교양을 생각합니다.

미다스북스

당신의 직장생활은 안녕하십니까

이용화 지음

프롤로그

1장

$\left\{\begin{array}{c} \\ \\ \end{array}\right.$

안녕하세요,
신입 직장인입니다

2장

어느덧,
출근 체질형이 된 직장인

3장

우당탕탕!
하루살이 직장 생존기

4장

직장생활
버티고, 굳히고, 한판승!

5장

~

가늘게 버티면서,
짧게 사는 게 꿈입니다

에필로그

출근만 20년

나는 20년 차 직장인이다. 직장인이 될 줄도 몰랐는데 어느새 시간이 그렇게나 흘렀다.

살면서 내가 선택한 그 많은 것 중에 '그냥' 선택된 것은 없었다. 왜인지도 모르고 선택했던 것들조차 서로 연결되어 있었다. 그리고 연결된 것들이 모여 오늘의 나를 만들었다. 그때는 내가 어떻게 될지 보이지 않았다. 그런데 그렇게 쌓인 선택의 결과들이 쌓여 이제 나라는 인간이 조금씩 보인다. 내가 좋아하는 것, 내가 추구하는 가치, 내가 잘하는 일, 나에게 소중한 사람들, 내가 되고 싶거나 하고 싶은 것들까지 하나씩 선명하게 자리를 잡아간다.

직장에서 맡은 일을 하며 20년을 살았더니 정체된 줄 알았던 그 시간에도 나는 성장하고 있었다.

도대체 어떻게 펼쳐질지 몰라 매일 불안했지만, 앞만 보고 달리다 보니 어느새 앞으로의 나의 미래가 조금은 보이고 덜 불안하다.

직장생활은 만만하지 않고, 직장에서 만나는 사람들은 더 만만하지 않다. 만만하지 않은 일과 사람 때문에 상처투성이로 천국과 지옥을 수도 없이 오르내린 시간이었지만 나는 직장생활을 하기 잘했다고 생각한다. 그리고 여전히 직장인으로 오래 살기를 바란다. 심지어, 내가 직장에서 앞으로 만날 일과 사람에게 기대하기도 한다. 내가 만날 미래에 두려움과 불안보다 기대가 크다는 건 내가 잘살아왔다는 증거이다. 주위를 두리번거리며 다른 사람의 속도에 맞추기보다는 나만의 속도를 찾았다는 이야기이다.

사람들은 언젠가부터 "이번 생은 망했어."라는 말을 종종 한다. 줄여서 '이생망'이라고도 한다던가. 망했다고 생각하면 망한 하루, 일주일, 일 년이겠지만, 그 시간이 내 남은 인생의 밑거름이 된다고 생각하면 이

만큼 좋은 게 없다. 무엇이든 처음이 어렵다. 나는 공포영화를 좋아하지 않는다. 특히 대놓고 사람을 깜짝 놀라게 하는 영화는 더 별로다. 하지만 어떤 공포영화든 모르고 보면 놀라고 무섭지만, 두세 번 봐서 다 알게 되면 아무렇지도 않다. 직장에서 만나는 일이나 사람도 그렇다. 알고 보는 공포영화처럼 어제 있었던 그 일이 오늘도 있고, 오늘 만났던 사람을 내일도 만난다. 회사가 바뀌어도 마찬가지다. 뭐가 문제인지 파악만 잘하면 덜 다치고 넘어갈 수도 있다. 나는 그걸 아는 데 20년이나 걸렸다. 그동안 그 쉬운 걸 몰라서 혼자 얼마나 아프고 상처 입었는지 모른다. 물론, 지금도 여전히 상처를 입고 때로는 주기도 한다. 다만, 이제는 덜 다치고 덜 주려 노력할 뿐이다.

아인슈타인은 이렇게 말했다.

"인생을 살아가는 데는 오직 두 가지 방법밖에 없다. 하나는 아무것도 기적이 아닌 것처럼, 다른 하나는 모든 것이 기적인 것처럼 살아가는 것이다."

지난 20년간 나는 내게 일어나는 일 중에 기적은 없다고 생각하고 살았다. 난 어쩌면 이렇게도 운이 없는지, 남들에게는 흔하게 찾아오는 행운들이 나만은 비껴간다고 억울해하기도 했다. 하지만, 내게 일어나는 모든 일은 기적이었고, 행운이었다. 나를 괴롭히려고 태어난 것 같은 누군가 때문에 괴로워할 때 나를 지켜주고 위로해주던 사람들은 분명 기적이었다. 일이 잘 풀리지 않아 헤매고 있을 때 어느 순간 자연스럽게 해결되었던 상황은 행운이었다. 그렇게 나는 그 누구보다 행운아였다.

내가 직장인이라서 할 수 없었던 것들보다 할 수 있었던 것들이 훨씬 많았다. 그때는 몰랐지만, 이제 와 돌아보니 알 수 있는 것들이다. 그래서 감사하다. '회사를 나가면 전쟁터.'라고 흔히들 이야기하지만, 직장의 울타리 안에서 20년이나 잘 먹고 잘살아온 내게는 더 그렇다. 100%, 아니 150% 진심이다. 나는 앞으로도 오래오래 직장인으로 살고 싶다. 가능하다면 10년, 15년도 좋다. '직장인'은 낼모레 쉰을 앞둔 지금 나의 꿈이다.

1장

안녕하세요.
신입 직장인입니다

기억하자.
이번 생은 누구에게나 처음이고
사회생활도 그렇다.

처음부터 직장인이
꿈은 아니었지만

"꿈이 뭐예요?"

십여 년 전 참여했던 경력직 워크숍에서 다른 참가자에게 받은 질문이다. '꿈'이라니…. 서른을 넘고부터는 진지하게 고민해 본 적 없는 주제였다. '어떻게 살아야겠다.'라는 고민을 한 적은 있어도 질문으로 받으니 새로웠다.

나도 어린 시절에는 또래의 여느 아이들처럼 꿈 많은 어린이였다. 그중엔 많은 아이의 꿈이었던 '선생님'도 있었지만 '대통령 부인' 같은 듣도 보도 못한 꿈도 있었다.

꿈이 '대통령 부인'이라니…. 내 얘기지만 아무리 생각해도 신박하다.

지금 같아선 30대에 취업하기도 '하늘의 별 따기'인데 누가 대통령이 될 줄 미리 알아 대통령 부인이 된단 말인가. 짐작건대 전 세계의 전, 현직 대통령 중에도 열 살이 되기 전부터 본인이 대통령이 될 줄 알았던 사람은 없었을 것이다. 그만한 아이가 대단한 정치적 신념이나 야망을 품기도 쉽지 않겠지만 그렇다 해도 꿈이 현실이 될 줄은 몰랐을 테니 말이다. 게다가 나의 꿈은 어떤 야망이나 신념으로 가지게 된 건 아니었다. 초등학교도 들어가기 전의 어린 여자아이에게 그런 것이 있었을 리가 없다. 그저 뉴스에 나오는 대통령 부인이 꽤 근사해 보였던 모양이다.

잠깐!

그 시절이면 대통령을 '대통령'이라 부를 수도 없을 때였는데, 정말 그게 근사해 보였을까?

미리 안다고 해도 지금이라면 그런 걸 꿈으로 삼고 싶지 않을 텐데 참으로 이상하다. 그러고 보니 언젠가 들었던 힐러리 클린턴의 일화가 생각난다. 힐러리가 남편인 클린턴과 시골길을 지나던 때였다. 중간에 주유소를 들렀는데, 그곳의 사장이 힐러리의 어릴 적 남자 친구인 것을 알게 된 클린턴은 말했다.

"당신이 저 남자와 결혼했다면 시골 주유소 사장의 아내로 살았겠군."

클린턴의 말에 힐러리가 **"그랬다면 저 남자가 대통령이 되었겠지?"**라고 답했다는 이야기였다. 그 일화 속 힐러리의 답변은 나에게 꽤 신선한 충격이었다.

'와! 이 당당함 보소. 나라면 아무리 어린 시절 남자 친구였다고 해도 모른 척하고 싶었을 텐데. 그 와중에 답변도 백 점짜리 아닌가. 스스로에 대해 얼마나 자신이 있으면 저렇게 말할 수 있을까?'

역시 힐러리는 보통 사람은 아니었다. 이쯤에서 궁금증이 생긴다. 힐러리의 꿈은 무엇이었을까. 대통령 부인 아니면 대통령? 어쨌든 나는 그녀처럼 옥석을 가릴만한 눈도, 대통령을 키워낼 능력도 없는 지극히 평범한 아이였을 뿐이다.

자라면서 시인이나 전파사 사장이 꿈이었던 적도 있다. 영부인에 비하면 너무 소박하지만, 너무 구체적이라 흔하지는 않은 꿈. 충분히 실현 가능했을 그런 꿈이었다. 하지만, 시인은 "글을 쓰면 부자로 살 수 없을 것."이라는 엄마의 말에 포기했고, 전파사 사장은 분해했다가 재조립한 휴대용 카세트 플레이어가 망가지고 나서 깨끗하게 잊었다.

고등학생이 되면서는 연극배우가 되고 싶었다. 우연히 보게 된 연극에 '푹' 빠졌는데 그 꿈은 꽤 오래갔고 또 간절했다. 간절했다기보다 자신 있었다. 10대 후반의 하룻강아지이자 천둥벌거숭이였던 나는 세상이 만만해 보였다. 간절히 원하면 내 마음이 하늘에 닿아 자연스럽게 되어 있을 거라고 생각했다. 나에겐 그럴만한 잠재력이 있으니 조금만 노력하면 당연히 될 거라고 믿었고 한 번도 의심하지 않았다. 순진하기 짝이 없는 생각이다. 엄마를 몇 달 졸라 오디션을 봐야 들어갈 수 있는 연기학원에 등록했다. 학원에 다니던 중에 학교를 소재로 한 드라마에도 두어 번 출연했다. 아주 짧지만, 대사도 있었다. 학교에서는 문과나 이과가 아닌 예체능계로 입시를 준비했고, 3학년이 되면서 가고 싶은 대학교도 생겼다. 학교에서도, 학원에서도 원하는 학교에 갈 만큼은 실력이 충분하다 했다. 하지만 나를 너무 믿었던 탓일까? 꿈이 간절하지 않았던 것일까? 두 군데 학교 모두 실기시험을 시원하게 말아먹었다. 순진무구하던 그때의 나는 대학 입시에서 인생 최대의 실패를 겪었다.

연극과에 가서 배우가 되겠다고 공부는 열심히 하지도 않았는데 입시에 실패하고 나니 뭘 해야 할지 감도 안 왔다. 되고 싶었던 게 연극배우였다면 대학로든 어디든 현장으로 가서 맨땅에 헤딩하면서 실력을 쌓을 수 있었다. 대학을 가고 싶었던 거라면 재수하는 방법도 있었다. 나는 그 방법들 대신 수능 성적에 맞춰 2년제 대학의 취업률이 꽤 높다는 학과에 입학했다. 현실감각이 빠른 과 동기들이 취업을 위해 스펙을 쌓느라 열을 올릴 때 편입이라는 허울 좋은 핑계로 집에서 팽팽 놀았다. 편입 준비는커녕 학교도 안 갔다. 말로만 준비하는 꿈이 이루어질 리 없다. 결국, 2년 후 동기 중 유일한 미취업자라는 딱지를 붙이고 졸업도 '겨우' 하는 현실을 만났을 뿐이다. 심지어 졸업식에 졸업장을 직접 받으러 온 것도 취업하지 못한 나 혼자였다. 그런 상황에서도 좌절하기보다 여전히 잘될 거라고 믿었다.

소박한 점수로 대학을 졸업한 후 팍팍하게 살아가면서도 난 늘 꿈이 있었다. 순진하다 못해 지나치게 해맑았다. 한때는 누구누구처럼 유명한 강사가 꿈일 때도 모두의 사랑을 한 몸에 받는 배우가 꿈일 때도 있었다. 이름만 대면 인정받는 저명한 교수님도, 액션 영화 속 캐릭터 '툼 레이더'나 '블랙 위도우' 같은 여전사도 있었다. 여전사! 놀랍게도 어릴 때의 꿈이 아니다. 성인, 그것도 이십 대 후반의 꿈이었다.

누군가에게 질문을 받기 전까지 '꿈'을 오랫동안 잊고 지냈다. 하고 싶은 것도 많고 무언가 이루겠다 계획한 것도 많았지만, 정작 꿈이라고는 생각하지 못했다. '꿈'이라는 단어를 생각하니 설레기 시작했다. 입 밖으로 내고 나니 가슴이 두근대고 빨리 뭐든 하고 싶어졌다.

늘 다양하고 신박했던 내 꿈 리스트에 없었던 직업, 직장인! 되고 싶은 것 중에는 없었지만 어쩌다 보니 직장인이 되어 20년째 살고 있다.

그리고 반백 살이 다 된 지금의 나는 여전히 꿈을 꾼다. 직장인으로 오래 살면서 만 60세까지 국민연금 내기. 행복한 플로리스트로 더 오래 오래 살기.

이제까지 꿈이 현실이 된 적은 없지만, "꿈은 이루어진다."라는 그 말을 믿어보려고 한다. 이번엔 꼭 이뤄보자. 아자아자! 파이팅!!

2

하룻강아지와
호랑이 선생님들

대학을 졸업할 당시 사회적으로나, 개인적으로나 상황은 거의 최악이었다. IMF도 터졌고 엄마는 큰 교통사고로 허리를 심하게 다쳐 몇 개월째 병원에 입원 중이었다. 집에 생활비를 보태지는 않아도 내 몸은 내가 건사해야 했다. 한가하게 놀고먹을 여유 따윈 없었다. 꽁꽁 얼어붙은 취업 시장에 졸업도 간신히 한 내가 이력서 낼 곳은 없지만, 반드시 취업해야만 했다.

그때 채용 정보들은 지금처럼 온라인으로 정보를 볼 수 있을 때가 아니었다. 〈잡코리아〉나 〈원티드〉는 서비스되기 전이었고 〈교차로〉나 〈벼룩시장〉 같은 지역 취업 신문만 있었다. 분명 여기저기 지원하고 면접도 봤었는데 채용 정보들을 어디서 봤는지는 기억나지 않는다. 내 첫 직장의 채용 정보를 신문에서 봤다는 기억만 남아 있을 뿐이다. 무려 신문 하단을 모두 차지한 백화점 판매 직원 공개채용 정보였다. 무슨 자신감이 있었는지 그 채용공고를 보고 '할 수 있겠다.' 싶었다.

하지만 내 형편없는 스펙을 깨닫는 건 오래 걸리지 않았다. 호기롭게 이력서 앞에 앉은 순간 알았다. 물론 대안은 없다. 그때 내 스펙이 얼마나 놀라운지 한번 보자. 그 흔한 운전면허증도 없었다. 막 필수 조건이 되고 있던 PC 사용도 거의 할 줄 몰랐다. 쓸 것이라고는 고등학교·대학교 졸업, 딱 두 줄과 부끄러운 수준의 학점뿐이다. 그 외 겸손하게라도 쓸만한 스킬은 전혀 없다. 그렇게 볼펜으로 꾹꾹 눌러 쓴 이력서는 악필과 여백의 미를 자랑하고 있었다. 요즘처럼 스펙 쌓느라 바쁜 청년들은 전혀 상상할 수조차 없는 백지미(?)를 뽐내는 수준이다. 나, 맥시멀리스트인데 이력서는 채우지 못했네? 어쨌든 작성된 빈약한 이력서를 들고 나는 너무 당당하게 회사에 직접 방문해서 제출했다.

쓰고 보니 채용 정보를 얻는 과정이나 이력서 작성과 접수까지 너무 옛날이야기 같아서 민망하다. 무슨 호랑이 담배 피우던 시절도 아니고 라테도 이런 라테가 없다. 어찌 보면 거짓말 같을 수도 있겠다. 내가 동안이라 그렇지 보기보다 나이가 더 들었다. 앗! 미안하다. 보이지 않아서 막 던져봤다. 전화 통화하다 이 이야기를 들은 친한 동생이 그런다.

"거짓말! 그 말 들으니까 언니가 엄청 선배님 같잖아!"

평소 철딱서니라고는 찾아볼 수 없어서 손이 많이 가는 언니인데, 갑자기 한국전쟁을 겪은 할머니를 만난 기분인가 보다. 같은 얘기를 듣고 친한 언니는 자기는 그런 경험이 없다고 발뺌한다. 대체 어느 시절을 산 거냐며 "아무래도 네가 언니인 것 같다."라고 한다. 남들보다 나만 세월을 더 살았을 리는 없고, 내 기억이 왜곡된 걸까?

어쨌거나 나는 운이 좋았다. 신문 광고를 통한 공채 시험에 통과해 취업에 성공했고 직장생활을 시작했다. 볼 것이 하나도 없는 나를 뽑아준 감사한 첫 직장은 일본계 화장품 회사였다. 25년 전 나의 첫 연봉은

1,180만 원, 석 달에 한 번 400% 상여금 포함이다. 상여금이 없는 달은 90만 원이 채 안 되는 쥐꼬리만 한 월급을 받았다. 그래도 물색없는 나는 취업했다는 것만으로도 어른이 된 것 같아 신이 났다.

'내 손으로 돈을 벌다니. 진짜 다 컸다. 나!'

첫 근무지는 서울의 한 백화점 1층 화장품 매장. 지금은 모르겠지만 그때는 백화점에서 근무하는 직원들의 복장 규정이나 근무 규칙이 꽤 엄격했다. 예를 들면, 화장품 매장에 근무하는 직원만 네일 컬러를 바를 수 있었고 액세서리는 준보석 매장 직원만 착용할 수 있었다. 여직원들은 짧은 커트 머리가 아니면 무조건 묶어서 망으로 마무리해야 하는 복장 규정이 있었다. 또, 쇼케이스에 기대거나 짝다리 짚고 서 있으면 안 되었고, 정해진 직원용 경로만 다녀야 했다. 이런 규정이 잘 지켜지는지는 백화점 내·외부 모니터링 요원들의 수시 점검을 받았다.

엄격한 것은 백화점 자체 규정만은 아니었다. 매장 내의 규율도 꽤 빡빡했다. 당시 주 6일을 근무했고 매장 직원들은 손님이 많은 주말 대신 평일로 바꿔 서로 돌아가며 쉬었다. 쉬는 날 오후 네 시쯤이면 매장에 아무 일 없는지 안부 전화를 하는 규칙이 있었다. 아마 '동료들이 바쁘게 일하고 있는데 덕분에 잘 쉬고 있다. 내 몫까지 고생해 주어 고맙다.'라는 의미가 아니었을까. 하지만 그때는 이유도 모르면서 하라고 하니 했다. 왜 하는지 모르니 가끔은 까먹었고 다음 날 출근해서 매니저 언니에게 호되게 야단을 맞기도 했다. 혼나면서도 타격감이 없었던 걸 생각하면 이십 대 초반의 나는 참 해맑았다.

세상 밖으로 첫발을 내디딘 신입사원은 고운 화장이 마냥 좋았다. 까만 유니폼을 입고 매장의 시그니처인 빨간 립스틱을 바른 내 모습. 꽤 멋진 커리어우먼이 된 것 같은 느낌에 취했었다.

쉬는 날 매장으로 전화 보고하는 것만 빼면 직장에서 지켜야 하는 엄격한 규칙들은 철모르는 사회초년생에게 오히려 편했다. 이게 다 어른들 말씀 잘 듣는 순하고 착한 어린이로 자란 덕분이다. 그 어린이는 하라는 건하고 하지 말라는 건 안 하는, 착하지만 '왜?'인지는 고민하지 않는 어른으로 자랐다.

잠실 백화점에서 6개월, 압구정의 또 다른 백화점에서 6개월. 대학생 때와는 다른 엄격한 환경과 새로운 규칙, 다양한 손님들. 나의 첫 사회생활 1년은 그렇게 조금씩 직장인이 되어가면서 지나고 있었다. 하늘 같았지만, 같은 20대였던 그때 그 언니들, 지금은 어디서 어떻게 살고 있을까?

"그때는 호랑이 선생님보다 무서웠지만, 덕분에 따뜻한 사회생활을 시작할 수 있었습니다. 그리운 언니들, 잘 살고 계신가요?"

3

사회생활은 처음이라

사회생활은 늘 낯설다. 처음 사회생활을 시작할 때나 지금이나 마찬가지다. 20년쯤 하면 만렙일 줄 알았는데 아무리 해도 익숙해지지 않는다.

작가 말콤 글래드웰은 그의 베스트셀러 『아웃라이어』에서 말했다.

"한 가지 일에서 만 시간이면 전문가가 된다."

만 시간. 어마어마한 숫자 같지만, 하루에 3시간씩 일주일에 20시간. 그래 봐야 10년이면 된다. 나는 매주 5일 8시간씩 꼬박 20년을 직장에서 보냈다. 4만 시간이 훌쩍 넘는다. 직장인이 아닌 채로 사회생활을 했던

시간까지 합치면 25년이다. 이 정도 했으면 적어도 전문가가 네다섯 번
은 돼야 하는 거 아닌가? 작가의 이론이 맞는다면 혹시 내가 '모지리'인
걸까?

난 오늘도 사회생활이 처음인 것 같은데 할 일도 '척척', 할 말도 '턱턱'
하는 요즘 주니어들을 보면 참 부럽다. 나는 뭐 했지?

사회생활을 처음 할 때 크게 긴장하고 잘하고 싶은 마음에 행동이나
말을 과하게 하는 경우들이 있다. 낮은 자존감을 사람들의 인정과 관심
으로 채우고 싶었던 나는 특히 그랬다. 칭찬을 받기 위해 조금씩 무리하
는 일도 생겼다. 잘하고는 싶지만, 능력이 부족했던 나는 다른 사람에게
호감을 줄 수 있는 행동들을 시작했다. 기분이 안 좋은 것 같은 동료에
게는 조용히 말을 걸었고 힘들어하는 동료가 있으면 내가 하겠다고 하
면서 다가갔다.

"이거 할 사람 없어?" 상사의 말 한마디에 호기롭게 나섰다가 다른 사
람의 도움을 받게 되는 상황도 당연히 있었다. 그냥 할 수 있는 사람이
하게 나서지나 말걸. 진짜 가만히 있으면 될 것을 민폐도 이런 민폐가

없다. 그때마다 후회의 이불킥을 했다.

　내 기억엔 없지만, 엄마 말로는 초등학교 때도 그랬다고 한다. 소풍 갈 때면 선생님 도시락을 싸 오겠다고 그렇게 손을 들었단다. 매년 신학기가 되면 청소도구도 말도 못하게 샀다고 했다. 아! 그러고 보니, 학기 초나 소풍 철이 되면 "제발 가만히 좀 있어라."라던 엄마의 당부가 기억난다. 부지런히 손을 들어대던 딸내미 덕분에 '원더우먼 워킹맘'으로 살던 엄마는 더 바빴다. '손 많이 가는 언니'의 역사는 그때부터 시작이었구나. 요즘은 웬만하면 나서지 않으려고 애쓴다. 어릴 때야 엄마가 뒷배가 되어 해결해줬지만, 지금 내겐 그런 뒷배가 없다. 내가 오롯이 책임져야 하고 그렇지 않으면 여러 사람에게 민폐가 된다. 물론 아무도 손들지 않을 때 자꾸만 들썩이는 어깨를 단단히 단속해야 한다. 역시 사람은 쉽게 변하지 않는 법이지.

　이 사람 저 사람 눈치 보던 주니어 시절엔 혼날까 봐 매일 조마조마했다. "이게 맞아?" 누군가의 한마디면 틀렸나 싶어 한없이 작아졌다. 틀릴 수도 있고 틀렸다면 그 부분만 바로 잡으면 되는데, 겁쟁이 중의 겁쟁이인 나에겐 그 상황이 세상 전부인 것만 같았다. "처음부터 잘하는 사람이 어디 있담. 처음엔 다 그렇지 뭐." 하는 대범함이 있을 리 없었다. "다음에 더 잘하겠다." 퉁 치고 넘기는 세련된 쿨함도 없었다. 아무도 나에게 눈치 주거나 야단치는 사람이 없을 때도 마찬가지였다. 한 번의 실수로 미움받을까 불안했다. 다른 사람은 다 잘하는데 나만 '똥멍충이' 같아 얼마나 머리를 쥐어뜯었는지 모른다. 이불 뒤집어쓰고 눈물 훔쳤던 날도 셀 수 없다. 내 머리카락이 아직 멀쩡한 건 그야말로 기적이다. '뭐 잘못된 건 없을까? 혼날 일은 하지 않았을까?' 조용히 지나가는 날이면 오히려 이럴 리가 없다며 불안해했다. 꽤 오랜 시간이 걸려 조금씩 나아지기는 했지만, 그저 무슨 일이 일어날 것 같은 느낌만으로도 내 심장은 매일 쪼그라들었다.

나아지기까지 얼마나 걸렸는지는 모르겠다. 한참의 시간이 걸렸고 지금도 아무렇지 않다고는 못하겠다. 여전히 사회생활은 처음 같다. 지금도 변함없이 작은 일에 일희일비하고 다른 사람의 관심과 칭찬에 휘청

휘청한다. 다만, 이제는 한 사람 이상의 몫을 충분히 하고 있고 다른 사람에게 손을 빌려줄 수도 있다. 쌓이는 연차만큼 머리가 굵어지면서 자존감을 적당히 스스로 채울 줄도 안다. 이 정도면 잘 큰 건가? 은퇴가 코앞인 지금에서야 잘 컸다고 머리 쓰다듬을 수 있는 게 우습지만, 이게 다 지난 20년 직장생활 덕이다. 안 크는 것 같더니 조금씩은 꾸준히 자라고 있었다. 그동안 티 나지 않았을 뿐이다.

사회생활이 힘든가? 처음도 아닌데, 이미 오래 한 것 같은데 익숙해지지 않아서 답답한가? 나도 사회생활이 처음부터 힘들었다. 아니 지금도 아주 조금 나아졌을 뿐 여전하다. 20년이나 했는데 아직도 처음 같다. 힘들다는 소리가 여기저기서 심심찮게 들려오는 걸 보면 나만, 이 글을 읽고 있는 당신만 힘든 건 아닐 거다. 누구에게나 사회생활은 처음이고, 원래 힘든 거다. 그럴 땐 그냥 잠깐 쉬자. 그래도 괜찮다. 그리고 다시 시작하자. 여기서 잠시라도 멈추면 그사이 다들 나를 앞질러 가지 않을까, 나만 뒤쳐지지 않을까 불안할 수도 있다. 하지만 잠시 쉬어간다고 크게 달라지지 않는다. 그 휴식이 지친 내게 위로가 되어 더 오래, 멀리

가는 힘이 되기도 한다.

　　기억하자. 이번 생은 누구에게나 처음이고 사회생활도 그렇다. 아마 직장

생활을 끝낼 때까지 난 만렙 직장인은 안될 것 같다.

직장생활에
적성이 어딨어

모든 게 신기하고 새롭기만 하던 햇병아리의 시기를 지나 한 사람의 몫을 하기 시작한 후부터 직장생활은 영 어려웠다. 나를 두 눈 크게 뜨고 보는 것 같은 선배와 동료가 무서웠다. 매대 건너, 전화 너머로 만나는 낯선 손님들은 겁났다. 다들 내가 실수하기만을 기다리는 것처럼 느껴지고 나의 작은 실수들에도 크게 당황했다. 세렝게티에서 일행 잃은 어린 초식동물이나 놀이공원에서 엄마 손을 놓친 아이처럼 아무리 둘러봐도 내 편은 하나도 없는 것 같았다. 그저 여기저기 어우러져 잘 지내고 싶었는데, 자꾸 여기저기 눈치를 보았고 주눅이 들었다.

직장생활은 월급을 벌기 위해 노동력을 제공하는 생산자로서의 활동이다. 그러나 어디에서도 직장생활에 어떤 마음가짐과 자세가 필요한지 알려주지 않는다. 그 많은 대학은 높은 취업률을 자랑하면서 왜 진짜 직장생활에 필요한 것을 알려주지 않는 걸까? 그냥 하다 보면 자연스럽게 알게 되는 것들인데 내 적성에 맞지 않아 몰랐던 걸까?

　첫 직장이었던 백화점 매장의 '막내'로 입사한 지 얼마 되지 않았을 때의 일이다. 매장에는 쇼케이스를 덮어두는 커다란 천이 있었다. 매일 오픈하기 전에 천을 걷어두었다가 영업이 끝나면 정리 후에 그 천으로 쇼케이스를 덮었다. 그런데 어느 날 내가 그 천을 홀랑 잃어버렸다. 매장 재고 조사가 있던 날이었고 분명 한쪽에 잘 챙겨두었는데 감쪽같이 없어진 것이다. 대체 어디에다 뒀을까. 그때 눈앞이 깜깜하다는 걸 처음 경험했다. 정말 내 인생에서 이보다 더 큰 일은 일어날 수 없을 것 같았다. 어쩌다 그랬는지, 그 일로 어떤 피드백을 받았는지는 기억나지 않는다. 다만, 함께 근무하던 '언니'들에게 야단을 맞을까 봐 쫄았던 기억만큼은 20년이 지난 지금까지도 선명하다. 작은 립스틱도 아니고, 부피가 꽤 있는 천 뭉치를 제대로 관리하지 못하다니 한심하기가 이를 데 없다.

별다른 해결방법이 떠오르지 않았던 나는 우물쭈물하다가 다시 만들어 오겠다고 얘기했다. 그게 내 실수에 책임을 지는 유일한 방법이라고 생각했다. 나는 어엿한 성인이니까 책임감 있게 해결하고 싶었다. 그러나 천을 잃어버린 것보다 다시 만들어 오겠다는 얘기를 했다는 이유로 눈물 쏙 빠지게 야단을 들었다. 왜인지도 모른 채 혼이 났다. 조직의 문제를 내 문제로 받아들이면 안 된다는 걸 그때는 몰랐다. 모르겠다면 실수를 인정하고 방법을 물었어야 했다는 것도 한참 후에야 알았다. '직장생활이 진짜 만만치 않구나.'를 그렇게 조금씩 배웠다. 그때 그 '언니'들도 다 20대 초중반이었는데, 언니들은 그런 걸 어디서 배웠을까. 암만 생각해도 대학이나 어지간한 교육기관보다 유명한 베스트셀러보다 언니들이 백배 나았다.

직장생활을 현실 속에서 배우는 것은 만만치 않았다. 그렇게 혼이 나고 실수는 '절대' 하지 않으려고 애썼다. 물론 생각과 다르게 나는 수없이 실수했고 혼나면서 배웠다. 어디 매뉴얼이 있는 것도 아니고 모든 것이 처음인데 실수하지 않는 게 쉬운 일인가? 신입사원에게 실수는 필연이다. 안 해본 일인데 실수 한번 없이 완벽하게 하는 것은 거의 불가능하다. 그건 태어나자마자 걷는 것과 다를 바 없다. 그리고 이미 벌어진 실수를 들키지 않고 덮어두는 것 역시 불가능에 가깝다.

주변에서 멋지게 잘 해내는 누군가를 보면 그게 그렇게 부러웠다. 나도 멋진 척, 잘 해내는 척하고 싶었지만 실제로는 그게 잘되지 않아 매번 도망가고 싶었다. '나도 잘 해내고 싶은데 왜 못하는 거지?', '왜 나만 이렇게 모자란 거지?' 완벽해지고 싶지만, 그러기에 난 턱없이 모자랐다. 그렇게 현실을 느낄 때면 바닥을 치려는 나를 붙잡고 속삭였다.

'나는 직장생활이 적성에 안 맞아. 잠깐만 하다가 상황이 좋아지면 다시 나의 꿈을 찾아 떠나자. 그래, 내가 이렇게 살 사람이 아니지. 내가 얼마나 멋진 인간이라고? 눈 한 번 질끈 감자.'

나아지려고 애쓰기보다 참 후진 핑계로 채울 수 없는 욕심을 애써 가렸다. 혼나지 않기 위해 점점 더 조심스럽게 일했고 소극적으로 움직였다. 그런다고 실수하지 않는 것도 아닌데. 지금은 알지만, 그때는 몰랐던 것들이다. 누구나 실수하고 해결하는 과정을 통해 배워간다. 한 번의 오차도 없이 성공하기만 한 사람은 오히려 작은 실수도 견디지 못하고 무너지기가 쉽다. 나는 두려워했던 그 실수들을 수없이 하면서 지금의 내가 되었다. 내 적성은 직장인이었는데 좌충우돌하며 배울 수 있는 소중한 시기를 그렇게 날렸다. 어리석었다.

만일 이제 막 직장생활을 시작한 누군가 어떻게 일해야 하는지 묻는 다면 말해주고 싶다. 누구에게나 처음은 있고, 그때는 얼마든지 실수해 도 되는 때라고. 실수 좀 한다고 그게 실패는 아니다. 신입사원만이 아니다. 회사와 업무가 달라지면 연차가 있더라도 모르는 것이 있을 수밖에 없다. 모르면 누구에게라도 물어야 한다. 사람들은 알려고 질문하려는 타인에게 생각보다 친절하다. 직장생활은 지금도 힘들지만, 앞으로는 더 어려운 일을 만나게 될 것이다. 그리고 그 어려운 일들의 대부분은 시간이 지나면 자연스럽게 해결된다. 흐르는 시간이 아니라 좌충우돌하는 지금의 순간들이 쌓여 좀 더 현명해진 내일의 내가 해결하게 되는 것이다.

사회초년생 시절 나는 직장생활이 적성에 안 맞는 줄 알았다. 하지만 알고 보니 나는 직장인이 적성이었고 20년 차가 된 지금도 크고 작은 실수를 한다. 그리고 민망함에 여전히, 자주 이불킥을 한다.

해도 해도 적성에 맞지 않는 것 같은 직장생활에 지치고 있다면 다시 생각해 보자. 완벽해지고 싶은 욕심과 실수하면 안 된다는 강박 때문에 지치는 중일 수도 있다. 내 실수를 다른 사람이 알게 되어도 세상은 절대 끝나지 않는다. 우리는 모두 실수를 한다. 티가 나지 않을 뿐이다. 우리가 직장에서 만나는, 겉으로 완벽해 보이는 그도 아마 그럴 것이다. 실수를 들키지 않으려고 덮어두고 묻어두는 것보다 솔직하게 털어놓고 같은 실수를 하지 않는 게 훨씬 현명하다. 다른 사람이 알게 된 실수의 부끄러움은 이불킥 한 번으로 자기 전에 툭툭 털자. 나와 나의 건강한 직장생활을 위해.

5

나에겐 꿈이 있어요

취업 후에도 난 한참을 해맑은 채로 살았다. 놀고먹을 수 없어서 떠밀리듯 취업했지만, 취업 준비를 해본 적 없는 나는 직장이라는 사회에 익숙해지기까지 시간이 꽤 걸렸다. 그렇게 어영부영 시작한 직장생활에 '밥벌이의 숭고함' 따위가 있을 리 없다. 그냥 재미로만 대하기에 돈 버는 일은 고단하고 또 고단하다. 그리고 그 고단함은 시간이 지나도 사라지지도 익숙해지지도 않는다. 아니, 오히려 쌓이고 쌓일수록 더 고단하고 더 어렵다. 다만 매일 만나는 그것들에 일일이 반응할 에너지가 부족할 뿐이다. 만일 그때로 돌아갈 수 있다면 얘기해 줄 거다. "생각보다 시간은 진짜 빨리 흐른단다. 진짜 순식간일걸? 봐! 지금도 시간이 흐르고 있어. 이렇게 태평하게 넋 놓고 있다간 곧 엄청난 후회를 하게 될 거야.

지금부터 정신을 바짝 차리라고."

　오래도록 해맑은 덕분에 나는 꿈꾸듯 살 수 있었다. "난 '이렇게' 살 사람이 아니야."라고 생각하면 어느 순간 더 '멋진 어른'이, 직장인이 되어 있을 것 같았다. 훗날의 내가 어떻게 되어 있을지는 그때도 지금도 모른다. 그 '이렇게'가 뭔지는 둘째 치고 '멋진 어른'이 어떤 건지도 모른다. 그저 시간이 지나고 나면 당연히 되어 있을 거라 믿었다. 직장생활을 5년쯤 하면 나도 저 선배처럼 월급도 많이 받고 멋있을 거라 생각했다. 10년쯤 후에는 드라마에 나오는 '실장님'처럼 나만의 사무실에 멋진 차도 있을 거라고 철석같이 믿었다. 20년쯤 후에는…. 사실 20년쯤 후는 상상해본 적도 없다.

　하긴 내 나이 마흔이 될 줄도 몰랐는데 직장생활 20년이 웬 말인가. 내가 상상할 수 있는 어른이란 30대 정도가 최대였다. 가끔은 직장인이 아닌 다른 삶을 사는 상상도 했다. 뭐든 내가 마음만 먹으면 얼마든지 할 수 있다고 생각했다. 언제든 내가 하겠다고만 하면 되고 싶은 것이 될 수 있다고 자신했다. 마치 알라딘의 '지니'가 램프만 만지면 꿈이 이루어지는 것처럼 내 꿈도 이뤄질 거라고 믿었다. 물론 마음만 먹으면 할 수 있는 것들이 얼마든지 있다. 하지만 그것들을 만들기 위해서는 하루하루를 악착같이 살아야 한다. 다 해보고 지금에야 알게 된 사실이다. 먹고 사는 일이 얼마나 치열한지 경험해 보지 못한 나는 참 낭만적이었다.

'낭만'은 직장생활에 걸림돌이었다. 직장생활을 하기에 나는 너무 여렸다. 누군가 지나가며 던진 한마디에도 상처를 입었고 회복되기까지는 오래 걸렸다. 그야말로 내 멘탈은 얇디얇은 '호일'보다 더 약했다. 그런 내가 20년이나 직장생활을 했다니 신기할 따름이다. 지금이니까 철딱서니 없던 어린 나를 낭만적이었다고 웃으며 얘기할 수 있다. 좀 더 일찍 철이 들어 현실을 살았다면 지금쯤 살림살이가 나아지지 않았을까 하는 생각도 가끔 한다. 그랬더라면 집도 한 채쯤 있지 않을까? 그게 아니어도 적어도 전세는 살지 않았을까? 매달 꼬박꼬박 나가는 무서운 월세를 내는 대신, 받고 있을 수도 있지 않을까? 친구들처럼 직업 하나만으로도 별 탈 없이 살고 있지 않을까? 다 '그랬더라면….' 하는 가정일 뿐이다. 이것도 시간이 지나 지금이니까 할 수 있는 이야기다.

20대 초반 증권사 고객센터에서 근무할 때의 일이다. 겁 많은 나는 그 좋은 환경에서 주식을 해볼 엄두는 내지도 못했다. 근무한 지 몇 개월 지나지 않았던 어느 날, 911테러가 일어났다. 그날 아침은 아직도 기억에 생생하다. 아침 장을 열자마자 모든 종목이 폭락했다. 당시 주당 30만 원 선이던 〈삼성전자〉는 10만 원대 초반까지 떨어졌다. 며칠 동안 주식 장은 난리통이었고 고객센터도 전화가 폭주했다. 일상이 회복될 때까지는 얼마간의 시간이 필요했다. 몇 달이 지난 후 함께 근무하던 과장님과 외근을 가다가 이런 말이 나왔다.

"과장님, 그때 〈삼성전자〉를 살걸 그랬어요. 그랬으면 꽤 벌었을 텐데요."

나도 모르게 나왔던 마음의 소리였다. 그때 과장님의 답변은 이랬다. "주식 거래할 때 제일 쓸데없는 게 뭔지 알아? '껄투자'야. 그때 살걸. 그때 팔걸. 그때 안 사고 안 팔걸. 근데 그 껄투자는 다 필요 없어. 후회일 뿐이니까." 우문현답이다. 이 멋진 대화를 꼭 기억해서 '지나고 후회하지 말자. 순간순간을 후회 없이 살자.' 다짐했다. 물론 다짐과는 다르게 그 이후로도 자주 후회했고, 수 없는 이불킥을 날렸고 또 날린다. 하지만 20년이 지난 지금까지 그 대화는 내 마음에 생생하게 남아 끊임없이 얘기한다.

"후회 없이 살자."

그토록 열심히 수많은 꿈을 꿨지만, 지금은 그때와 다른 꿈을 가지고 산다. 뭣 모르던 시절 현실감각 없이 낭만을 좇았지만, 지금은 빡세게 현실을 살아내고 있다. 그리고 20년 전 우연한 대화에서 얻은 '현답'을 여전히 가슴에 품고 있다. 내가 꿈꾸듯 산 시절 덕분에 지금 더 열심히 살 수 있는 게 아닐까 하는 생각도 한다. 해보지 않은 많은 것에는 언제나 아쉬움이 남는다. 지금도 나에게는 꿈이 있고 선택과 집중을 하느라 포기하는 것들이 더러 생긴다. 다만, 더는 '껄투자'에 얽매이지 않는다.

철없던 시절의 내 꿈이 가보지 않은 길에 대한 환상이었다면 지금 내 꿈은 가고 있는 길에 대한 희망이다. 대체 직장인이 무슨 꿈일까 싶을 수도 있지만, 세상에 작은 꿈은 하나도 없다.

밥벌이하는 모든 직장인은 위대하다. 그냥 되는대로 살게 내버려 두지만 않으면 직장인도 꿈이 될 수 있다. 나는 여전히 꿈을 꾼다.

6

사원증과
아메리카노의 로망

언젠가 그런 얘기를 들었다. 20대 여성 사회초년생들의 로망은 내 이름과 사진이 박힌 사원증을 목에 걸고 테이크아웃 커피 잔을 손에 든 모습이라던가. 대기업조차 몇 년째 신입사원을 채용하지 않는 요즘, 바늘귀를 통과하는 것만큼 어려운 취업 시장에서 얼마나 부러운 그림일까?

내가 다녔던 회사 중에도 특별히 잘 나온 사진이 박힌, 꽤 있어 보이는 사원증을 걸어주는 곳이 여럿 있었다. 어떤 회사는 사내 전문 포토그래퍼가 직접 사진을 찍어줬고 그 사진이 들어간 사원증을 목에 건 내 모습은 퍽 그럴듯했다. 비싼 목걸이를 목에 건 것보다 더 어깨에 힘이 들어갔달까? 중고등학생 때는 교문 밖을 나서면 누가 볼까 봐 이름표를 떼서 주머니 안에 넣기 바빴다. 하지만 내 이름이 박힌 회사의 사원증은 누구라도 봐줬으면 하는 마음으로 열심히도 걸고 다녔다. 회사가 누구라도 알 만한 회사일 때는 더 그랬다.

아침 출근길에 회사 바로 앞 카페에서 커피를 주문하거나 동료들과 티타임을 가질 때, 당 충전을 핑계로 땡땡이를 칠 때도 사원증을 빼지 않았다. 그래 봐야 회사 안이거나 온통 회사 사람뿐인 사무실 근처 카페였지만 사원증은 나와 함께했다.

사원증에 찍힌 회사 이름이 나의 이름인 양 목줄만 걸면 그리 당당해졌다. 회사 입구에서 사원증을 태깅할 때면 얼마나 어깨에 힘이 들어갔는지 모른다. 사원증을 목에 걸고 있을 땐 맛도 모르는 커피를 참 열심히도 마셨다. 그뿐 아니다. 어쩌다 회사나 회사 근처가 아닌 곳에서 같은 사원증을 목에 건 사람을 만나면 가족을 만난 것처럼 반갑기도 했다. 모르는 사람에게 대놓고 인사할 만큼 대범하지는 못해서 아는 척은 하지 못했다. '세상 사람들아 나 꽤 괜찮지 않니?' 하는 마음이었나보다.

퇴사할 때면 사용하던 장비 반납은 하나도 아쉽지 않았지만, 목에 걸고 다니던 사원증은 두고두고 아쉬웠다. 노트북은 얼마든지 살 수 있지만, 사원증은 돈 주고도 못 사는 레어템 아닌가. 사원증의 출입 기능만 막고 퇴사 기념으로 줘도 좋았을 텐데…. 실물보다 예쁜 내 사진이 박힌 사원증은 못내 아쉽다.

회사 다닐 때의 나는 로열티가 높은 직원이었다. 늘 내가 다니는 회사가 우리 회사라 좋았고 자랑스러웠다. 누가 회사를 흉이라도 보면 나에 대한 험담인 양 억울했고 작은 칭찬이라도 흘려들을 때면 그게 그렇게 뿌듯하고 좋았다. 사원증이 없을 때도 그랬는데 목에 걸고 있을 땐 오죽했으랴. 회사 근처에서만 유효한 아이템들이지만 그런 나에게는 사원증이나 아메리카노가 나의 보잘것없는 로망을 채워주었다. 직장생활을 20년 한 나도 이런데, 열심히 취업을 준비해 온 20대 사회초년생들도 취업후 꼭 해보고 싶은 로망이 있지 않을까? 사원증과 아메리카노든, 다른 그 무엇이든 나는 그 마음을 충분히 이해한다.

하지만 직장생활은 드라마나 영화가 아닌 지독한 현실이라 로망만 채울 수는 없다. 회사는 나의 시간과 노동력을 돈으로 샀고 나 역시 작고 소중한 월급을 받으려면 밥값을 해야 한다. 가끔의 성취감과 더러의 만족감을 느끼기 위해 순간순간의 우당탕탕을 견뎌야 한다. 그리고 어디든 있는 빌런들을 상대해야 한다. 물론 가끔은 의도와 상관없이 내가 빌런이 되기도 한다.

그렇게 멀리서 보면 근사한 드라마 주인공이지만 가까이서 보면 매일의 시트콤을 찍는다.

시트콤을 밤낮없이 찍어대느라 그동안 써서 못 마시던 아메리카노는 자연스럽게 내 영혼의 음료가 되었다. 여전히 난 커피 맛은 쥐뿔도 모른다. 하지만 인생의 쓴맛을 알게 된 덕분인지 커피 한 잔이면 텁텁한 입안뿐 아니라 하루의 텁텁함도 개운해진다. 이제 커피는 하루를 여는데 필수템이다.

아! 근데 생각해 보니 오늘 커피를 아직 못 마셨네? 일단 커피 먼저 한

잔하고 시작하자. 커피 맛도 모르는 아메리카노 애호가는 오늘도 원두를 고르게 해주는 사무실 근처 친절한 카페에서 '고소한' 원두를 고른다.

"따아 연하게 한 잔이요!"

7

내가 웃는 게
웃는 게 아니야

내가 생각해도 나는 참 친절하고 따뜻해 보인다. 표정도 말투도 따뜻한 편이고 누군가가 나를 필요한 순간을 안다. 내게 오는 부탁은 잘 거절하지도 못한다. 동료들을 향해 "필요한 게 있으면 언제든 얘기해."라는 말을 입에 달고 살았다. 메일로 업무를 보기 시작한 후로 늘 마지막 인사는 "궁금한 점이 있으시면 언제든 말씀 주세요."였다. 그래서였을까. '따뜻하고 친절한 동료'는 이제껏 가장 많이 받았던 평가였다. 영리하지 않은 직장인의 살아남기 위한 생존본능 덕분에 이용도 많이 당했다. "이런 건 네가 해줘야지." 하면 정말 내가 해야 하는 줄 알았다. 가스라이팅이 이렇게까지 쉬울 일인가. 어쩌면 그들은 나를 가스라이팅 할 의도가 전혀 없었을지도 모른다. 어쨌든 나는 내가 힘든 순간에도 티 내지 않고 늘 따뜻한 표정을 지으려고 애썼고, 친절한 동료가 되기 위해 노력했다.

오래전 일이다. 한참 야단을 맞은 후에 상사가 물었다.

"어제 괜찮았어? 서운했을 텐데."

왜 아니겠냐 했더니 "네 감정이 얼굴에 드러나지 않는다." 했다. 학생 때도, 직장인일 때도 야단을 맞으면 그 이유가 나에게 있다고 생각했다. 모든 것이 내 탓이니 속상하기는 해도 억울하다는 생각이 끼어들 틈은 없었다. 속상한 마음에 혼자 울면서도 '왜 야단을 들었는지.', '왜 이것밖에 할 수 없는지.' 반성하고 회고했다. 내 잘못만이 아닐 수도 있을 텐데 그때는 그랬다.

충분히 힘든 상황에도 누군가가 "괜찮냐?" 물으면 늘 "괜찮다."라고 답했다. 누군가가 내게 실수하고 "죄송해요." 할 때도 "괜찮아요. 신경 쓰지 마세요."라고 했다. 괜찮지 않을 때도 난 상대의 불편한 마음이 신경 쓰였다. 어쩌다 모진 말이라도 한마디 하려면 내가 세상 제일 못돼 먹은 악당이 된 듯했다. 상처 주지 않으려 빙빙 돌려 이야기하다가 오히려 더 나쁜 사람이 되기도 했다. 세상에는 빙그레 웃으며 예쁜 말로 못되게 구는 빌런들이 많은 걸 알면서도 다른 사람이 불편한 것보다 내가 감수하는 게 나았다. 내 마음을 상대가 알아주려니 하면서 속이 썩어나가고 그러다 뒤통수를 맞아도 표정도, 행동도 티 내지 않으려 애를 썼다. 내 감정이 드러나서 동료들이 불편해지는 것이 싫었다. 그게 아랫사람으로 해야 할 도리이자, 윗사람의 의무고 동료의 배려라고 생각했다.

그뿐 아니다. 누군가 내가 필요해 "나 좀 도와줘."라고 하면 5분 대기조처럼 발딱 일어나 "뭔데? 걱정하지 마. 내가 해줄게."가 익숙했다. 내 일을 제쳐두고 할 때는 물론이고 내가 할 수 없는 일 때조차도 가능한 방법을 찾느라 애썼다. 나 말고는 그를 염려하거나 해결해 줄 사람이 없을 것만 같았다. 내가 도와주면 그가 덜 힘들 거라 믿었다. 세상이나 회사에 반드시 내가 해야만 하는 일 같은 건 없는데 스스로 무슨 영웅이나 된 듯 굴었다.

'나에게'만 빼고 모두에게 늘 따뜻한 사람, 그게 나였다. 그런데 언젠가부터 나의 양보와 배려가 당연해지는 게 목에 가시가 걸린 것처럼 불편해졌다. 호의가 계속되면 권리인 줄 안다더니. 다른 사람을 불편하지 않게 알아서 조심했더니 점점 그게 당연해지고 있었다.

'아! 그동안 내가 웃는 게 웃는 게 아니었구나.', '다른 사람을 배려하느라 정작 나를 배려하지 못했구나.' 웃는 얼굴 뒤로 상처 입고 눈물 삼키는 나를 마주하니 당황스러웠다. 다른 사람의 티끌 같은 상처를 돌보느라. 아니, 그의 아직 입지도 않은 상처를 걱정하느라 내가 병들어가는 줄도 몰랐다. 더는 순진하고 어리석은 나를 견디고 싶지 않아졌다. '이제 조금은 소중하고 따뜻하게 대해주자.'라고 다짐했다. 천성이 모질지 못한 탓에 여전히 다른 사람의 말과 표정에 문득문득 예민하고 마음이 불편해지지만 조금씩 나아지고 있다. 가끔은 거절도 하고 내가 필요한 일에 눈을 질끈 감기도 한다.

직장생활 하면서 '어쩌다 한 번'은 참을 수도 있고 약간의 손해를 감수할 수도 있다. 느끼는 대로 표현할 수 없을 때도 있고 겉과 속이 다른 사람처럼 굴어야 할 때도 있다. 하지만, 나만 좀 참고 나 혼자만 손해를 봐서 모두에게 좋은 일은 없다. 그 '모두'에는 나도 포함되어야 한다. 그건 나의 권리이자 의무이다. 만일 나만 참고 손해 봐야 하는 상황이 자꾸 반복된다면 정신을 바짝 차리자. 사람들은 나의 상처에 관심이 없다. 누군가는 좋은 마음으로 시작한 나의 양보나 배려를 이제는 당연하다고 생각할 수도 있다. 내가 쓴 가면과 내 본능의 괴리로 나를 잃을 수도 있다. 세상에 넘쳐나는 빌런들은 애초 나의 그런 선한 마음을 기대하지도 않았다. 내가 알아서 그들의 먹잇감이 되었을지도 모른다. 이미 익숙해진 그들은 이제 내가 각성하고 나면 갑작스레 변한 모습에 당황하며 당연한 권리를 잃었다고 화낼 수도 있다. 그래도 멈추지 말자.

19세기의 철학자 쇼펜하우어는 이렇게 말했다.

"가장 좋은 것은 늘 나에게 먼저 줘라. 행복은 자신에게 만족하고 잘해주는 사람에게 온다."

과거에도 현재에도 틀린 데 하나 없는 진리를 나는 몰랐다. 이제야 알게 되었지만, 쇼펜하우어의 이야기처럼 생각해야 한다.

"나를 위해 기꺼이 귀찮은 일을 하고 가장 좋은 것을 누구보다 나에게 먼저 주는 것"만큼 중요한 일은 없다.

익숙하지 않아 쉽지 않더라도, 보는 사람이 없더라도 나를 위해 웃고, 먹고, 입고, 쉬면서 기꺼이 나를 돌봐야 한다. 그 어떤 것보다 나의 행복을 먼저 생각해 보자. 내가 웃는 건 마음에서 우러나서 진짜로 웃는 것이어야 한다. 출근할 때 직장인의 가면은 챙기고 간과 쓸개는 빼놓더라도 내가 누군지 잊지는 말아야 한다.

익숙함에 속아 소중한 것을 잊지 말자. 가장 소중한 것은 언제나 '나'다. 그리고 어떤 상황에서든 챙겨야 하는 그 첫 번째 역시 '나'여야 한다.

이제 막 직장생활을 시작한 나, 그리고 당신에게

직장생활이 생각보다 어렵지? 상상하던 것과도 많이 다를 거야.

어떤 날은 할 만하다가 어떤 날은 또 못해 먹겠고...

하지만, 너무 걱정하지 마. 오늘 하루에 너의 최선을 다했다면 충분히 잘 가고 있는 거야.

당장은 눈에 보이지 않더라도 훌륭한 어른으로 자라고 있을 거야. 내가 장담할게.

대신 지금을 즐겨봐. 너는 그 어렵다는 취업에 성공했고 사회초년생 시절은 순식간에 지나가

고 다시 오지 않을 테니까.

2장

어느덧,
출근 체질형이 된 직장인

잘하든가
싫어하면서 겨우겨우 하든가
둘 중 하나다.

피할 수 있다면 피하는 게 가장 좋겠지만
그럴 수 없다면 방법은 없다.

기왕 할 거면 잘 해내는 것을 택하기로 한다.

돈 벌기가
원래 이렇게 힘든가요?

 세상에 행복하고 쉽기만 한 삶이 있을까 싶긴 하지만 생각해 보면 나는 사는 게 늘 팍팍했다. 먹고 사는 게 나만 이렇게 힘든 걸까? 남의 주머니에서 돈 빼 오는 건 원래 어렵단 얘기는 귀에 딱지가 앉게 들었다. 돈을 버는 건 원래 힘든 거니까 참아야 하는 것도 잘 안다. 어릴 때부터 충분히 들었고 이해도 한다. 20년 직장생활을 하면서 현장에서 직접 배우고 깨우치기도 했다. 하지만 힘들어도 진짜 너무 힘들다. '아! 그만하고 싶다.'라고 생각한 날이 하루 이틀이 아니다. 매일 출근하면서 생각한다. 날이면 날마다 삼키고 또 삼켰던 "저 그만두겠습니다."라는 말을 꺼낼 날이 오늘인가? "직장인은 누구나 왼쪽 가슴에 사직서를 넣고 다닌다."라는 말이 있는 걸 보면 나만 그런 건 아닌가 보다.

하지만 그만하고 싶다고 진짜 그만할 수는 없다. 살아가기 위해서는 반드시 돈이 필요하다. 집 밖으로 한 발짝도 나가지 않는 집순이라도 그저 숨만 쉬어도 꼬박꼬박 나가는 그런 비용들이 있다. 나이를 먹을수록 그 비용들은 늘기는 해도 절대 줄지는 않는다. 혼자든, 여럿이든 마찬가지다. '지금 그만했다가는….' 오! 마이 갓! 상상만 해도 앞이 캄캄하다. 매월 들어오는 작고 소중한 월급 덕분에 안락한 집에서 돈가스도 먹고 하이볼도 마신다. 그 월급으로 오늘도 사랑스러운 위스키를 한 병 샀다. 매달 잊지 않고 나를 찾아주는 월급과 월급을 주시는 회사에 감사하는 마음은 잊지 않는다. 그래서 난 무거운 몸과 마음을 일으켜 집을 나선다. 나서기 전, 직장생활에 하나도 도움 되지 않는 간과 쓸개는 집에 빼놓자. 아! 거기에 1+1 같은 멘탈과 영혼도 추가다.

집 밖을 나서 일터로 가면 일 잘하는 '똑순이', '똑돌이'들이 넘쳐난다. 다들 어쩜 그렇게 똑소리 날까? 나와 비슷한 연차의 친구들은 말할 것도 없고 이제 막 학교를 졸업한 20대 신입사원들도 마찬가지다. 나는 20년이나 해도 안 되던데, 머리와 센스는 타고나는 모양이다. 난 둘 다 타고나지 못해서 여전히 임원도, 사장도 아니고 그냥 직장인일까? 머리가 조금만 더 좋았다면 직장인으로 살기 좀 수월했을까? 20년 동안 눈치 보느라 지쳤는데, 어린 친구들과도 경쟁해야 하나 싶어 힘이 빠지기도 한다. 그래도 어차피 해야 할 일이라면 조금은 잘하고 싶다.

　피할 수 없으면 즐기라 했던가. 즐기기는 힘들겠지만 피할 수 없으니 눈 한 번 질끈 감고 까짓것 한번 해보자. 하다 보면 매번은 아니더라도 일을 통해 성취감을 얻을 수 있다. 가끔은 내 덕에 힘을 낸다는 동료도 만나고 새로운 일을 할 때마다 나를 찾는 고객도 생긴다. 그런 동료나 고객이 있다면 감사의 마음을 전해보자. 성취감을 얻었다면 그것이 아무리 작더라도 그 상황을 충분히 즐겨보자. 오늘의 성취는 다른 누구도 아니고 다 내가 잘한 덕임을 잊지 말자. 주변의 도움이 있었겠지만, 이 모든 결과는 어쨌든 내 덕이다.

　그렇게 오늘 하루를 참으면 이번 달에도 통장을 스쳐 가는 월급이 나를 만나러 와줄 거다. 작고 소중한 월급은 이번 달의 월세를 내주고 오늘 밤 '혼술'의 행복함을 허락할 것이다. 얼마 전에는 나를 위한 위로의 장소로 남의 동네에 혼술하기 좋은 위스키바도 알아두었다. 친절하고 기억력 좋은 사장님이 언제든 나를 반겨준다. 남의 동네라 지하철을 타야 하는 번거로움은 있지만 낯선 위스키를 만나고 싶을 때 더할 나위 없다. 적당히 비싼 위스키 두 잔이면 세상을 다 가진 듯 행복한 마음으로 지하철을 탈 수 있다.

돈벌이는 원래 어렵다. 누군가에게는 쉬울 수도 있지만 적어도 내게는 그렇다. 아마 이 글을 읽고 있는 당신도 그럴 것이다.

나는 살면서 돈벌이가 쉬웠던 적이 단 한 번도 없었다. 그렇게 돈 벌기는 어렵지만, 인생은 길어졌고 앞으로 더 오래 벌어야 한다. 20년의 직장인 생활에 이미 많이 지쳤지만 그렇다고 여기서 포기했다간 바로 나락이다. 이걸 이제까지 해온 만큼 앞으로 더 해야 한다니 막막하다. 하지만 머리를 암만 굴려도 내게는 자는 동안 돈을 만들어 줄 파이프라인은 없다. 내 수많은 꿈 중에 건물주도 있었지만, 건물은커녕 내 앞으로 된 집 한 채도 없다. 앞으로 남은 시간을 잘 버텨야 노년에 하루 두 끼라도 먹을 수 있다.

지금 쓰는 돈은 미래의 내가 쓸 돈을 끌어다 쓰는 거라고 누군가 그랬다. 나도 그렇게 생각한다. 내가 오늘의 어렵고 지난한 돈벌이를 버티는 이유는 노년의 내가 먹을 끼니를 뺏고 싶지 않기 때문이다. 나는 노년의 나와 사이좋게 지내고 싶다. 그런 의미에서 노년의 나에게 한 마디 남겨야겠다.

"어르신, 하루 두 끼씩 잘 챙겨 드십니까? 지금 드시는 그 밥 다 제가 만들었습니다. 기억하실지 모르겠지만 그거 만드느라 제가 고생을 참 많이 했습니다. 매일 간이랑 쓸개를 빼놓고 출근하느라 거의 안 써서 속도 튼튼할 거예요. 간이나 쓸개 때문에 병원 갈 일 없으시면 그것도 다 제 덕입니다. 그러니 아프지 말고 사는 동안 절대 건강하십쇼!"

2

피할 수 없다면
그냥 하는 거지

꿀 같은 주말이 지나고 잠자리에 들라치면 나도 모르게 새어 나오는 한숨.

"하, 내일이 벌써 월요일이라니…. 믿을 수가 없네."

월요일 아침 출근하는 마음이 무거운 건 나만 그런 건 아닐 거다. 그렇다고 마음만 무거운 것도 아니다. 왠지 머리도 아프고, 몸살 기운도 있는 것 같다. 가끔은 출근하려 현관문을 여는 순간부터 퇴근하고 싶다. 아니다. 지난밤 잠들기 전부터 퇴근하고 싶었다.

나는 직장인이 천직이라고 생각한다. 그리고 지금 내 꿈은 직장인이다. 그렇다고 출근이 항상 즐거운 건 아니다. 나에게도 지친 마음은 늘 있었다. 금요일인지 일요일 저녁인지 스트레스의 시작 시점에 따라 강도가 다르고 지속 시간이 다를 뿐이다. 그런데 요즘의 무기력은 이상하리만큼 오래가는 중이다.

생각해 보니 일 년에 적어도 한두 번씩은 꼭 가던 여행을 안 간 지도 한참 되었다. 어차피 올해 연차도 많이 남았는데 여행 계획을 좀 세워볼까? 쇠뿔도 단김에 빼랬다고 생각난 김에 실행에 옮기자. 달력을 열고 일정을 좀 보자. 12월 말에 떠날까? 음…. 일단 12월은 크리스마스와 연말. 최고 시즌 중 하나다. 가격이 어마어마하다. 11월 말은? 안타깝게도 회사가 바쁜 시즌이다. 그럼 10월은 어때? 바로 다음 달인데…? 지난달 이사로 지출이 너무 크다. 여행 꼭 가야 하나? 안 가도 되지 뭐. 바다 좀 보고 비행기 좀 탄다고 무기력이 해결되는 것도 아니잖아? 어쩌면 다녀와서 카드 값에 더 좌절할 수도 있다. 그래, 올해는 여행 포기다. 여행이란 언제든 가면 되는 것 아닌가. 내년에 갈 수 있으면 그때 생각해 보자.

마음은 고쳐먹었지만, 출근길 발걸음은 역시 무겁다. 어제 아침은 어찌나 출근이 부담스럽던지 나도 모르게 '아! 사고가 나서 한 석 달 누워 있으면 좋겠다.'라는 생각까지 했다. 하지만 곧 '아! 내 월세!! 지금 한가하게 누워 있을 때가 아니네? 누워 있기는 뭘 누워 있어? 돈 벌어야지. 팔자 좋은 소리 하고 있네.' 싶은 마음에 정신이 바짝 들었다. 역시 목구멍이 포도청이다.

이렇게 꾀가 날 때는 갑자기 엄마한테 말하고 싶어진다.

"엄마! 나 준비됐어. 나 줄 재산이 있으면 이제 털어놔. 생각보다 많다고 해도 놀라지 않을게. 지금 당장 달라고도 안 할게. 내가 뭐 다 달래? 나도 양심이란 게 있다고. 그냥 내가 이렇게까지 열심히 살지 않아도 된다고 생각만 할게. 마음의 안정 좀 얻으면 안 될까?"

입 밖으로는 한 번도 꺼내 보지 못한 이야기지만 10%쯤, 아니 1%쯤은 믿을 구석이 있었으면 하는 진심이다. 타고난 금수저라 더는 돈 벌기에

목을 매지 않아도 되는 나라니⋯. 상상만 해도 좋지 않은가? 아! 달다. 얼마 전 동료들과 이야기하며 알게 된 사실이지만 이런 상상은 나만 하는 게 아니더라. 사람 생각은 다 거기서 거기구나.

친한 지인과 이야기를 나누던 중에 나의 이런 무기력에 관해 이야기했다. 아무것도 하기 싫다고 했다. 한 3년을 앞만 보고 달리기만 했더니 지친 것 같다며 "보약 한 재 먹어야 할까?"라고 장난처럼 이야기했다. 난 웃자고 한 이야기인데 정작 그녀는 심각했다. 안쓰러운 눈빛으로 나를 한참 바라보더니 본인이 무기력했을 때 이겨낸 방법을 이야기해준다.

"그냥 무기력한 채로 시간을 흘려보내고 그러다 마음은 마음대로 두고 몸을 움직였더니 나아지더라."

이후로도 두런두런 이런저런 이야기들을 나누었다. 그리고 헤어지기 전에 그녀가 내게 말했다.

"어디 가서 무기력하다고 이야기하지 마."

　지금 난 무기력한 게 아니란다. 무기력이란 건 아무것도 하기 싫은 상태여야 하는데 나는 그냥 일만 하기 싫은 거라고 한다. 듣고 보니 맞는 말이다. 무기력을 이야기하는 나는 쉬는 날에도 정신없이 바쁘다. 아무것도 안 해도 되는 날도 열심히 움직인다. 운동도 하고, 밀린 집안일도 한다. 밥을 지어 먹으며 본방을 놓친 드라마와 TV 프로그램을 보고 나면 하루가 후딱 간다. 그러면서 하나도 지치지 않는다. 그저 출근하고 일을 하는 것이 잠시 지쳤을 뿐이다. 맞다. 그런 건 보약이나 여행으로 해소되지 않는다.

　일이라는 것은 하고 싶을 때만 할 수 있는 것이 아니다. 하고 싶어서 하고, 할 수 있으니까 하고, 해야 하니까 하고 결국은 못하는 것도 해야 하는 것이 일이다. 그냥 아무것도 하지 않고 기본적인 생활을 하기 위해서는 최소한의 비용이 필요하다. 거기다 내가 좋아하는 꽃시장도 가고, 먹고 싶은 걸 가끔이라도 한 번씩 먹으려면…. 누가 지원해 주지 않는 이상 매달 들어오는 월급이 필요하다. 하다못해 부모님께 용돈을 받아도 예쁜 짓을 해야 하는데 월급을 받으려면 당연히 대가를 치러야 하지 않은가? 내가 사회를 구성하는 한 사람으로서 역할을 해내려면 일이 있어야 한다. 일단 하기로 했으면 해야지 다른 방법은 없다.

잘하든가 싫어하면서 겨우겨우 하든가 둘 중 하나다. 피할 수 있다면 피하는 게 가장 좋겠지만 그럴 수 없다면 다른 방법은 없다. 기왕 할 거면 잘 해내는 것을 택하기로 한다.

목구멍은 포도청이고 먹고 살기 위해서는 해야 하지만, 꾸역꾸역 일하는 내게 내 목구멍이 미안함을 느끼지는 않았으면 좋겠다.

3

'늦잠 못 자요' 병

'드르릉드르릉'

　가벼운 진동으로 알려주는 아침 7시 반 알람. 월요일부터 목요일까지 나의 기상 시간이다. 좀 더 여유가 있는 금, 토요일은 8시, 일요일은 9시. 요일의 일정에 따라 맞춰둔 기상 알람 시간이 다르다. 하지만 신기하게도 매번 그 시간보다 일찍 눈이 떠진다. 중요한 일정이 있거나 신경 쓰이는 일이 있는 날에는 더하다. 다음날의 준비나 새벽 시장을 다녀오느라 평소보다 늦게 잠들어도 최소 한 시간은 일찍 깬다. 늦잠을 자도 좋을, 주말이나 휴일에도 마찬가지다. 잠드는 시간과 상관없이 기상은 아침 9시를 넘지 않는다. 가끔 아무 일 없는 휴일 아침이면 계획적으로 날을 잡고 늦잠을 시도하는 날도 있긴 하다. 그런 날이면 의식적으로 깨다 자기를 반복하다가 머리가 깨질 것 같은 후유증으로 종일 고생하기가 일쑤다. 그래 봐야 12시 되기 전에 일어나지만, 고작 두세 시간의 의도적인 선잠으로 겪게 되는 대가치고는 너무 크다. 남들은 아침에 일어나는 게 제일 어렵다던데 난 살면서 늦잠을 자본 기억이 거의 없다. 이거 아무래도 불치병인 것 같다.

'늦잠 못 자요 병!'

이 유난한 '병'은 평소에만 그러는 것도 아니다. 얼마 전 친구와 방콕으로 여행을 갔을 때다. 이 얼마만의 해외여행인가? 오랜만에 일을 벗어나 자유라는 걸 만끽해보고 싶었다. 하늘은 파랗고, 물은 더 파랗고, 도시는 뜨거웠고 나는 몹시 즐거웠다. 이 도시의 낭만을 한껏 즐겨주기로 했다. 하지만 나는 4일 내내 밤 11시에 잠이 들고 새벽 4시 반에 깼다.

'아…. 저기요. 저 지금 휴가 중인데요. 그나저나 조식은 언제 시작하더라?'

언젠가 팀원과 함께 지방으로 1박 2일 출장을 갔을 땐 새벽 5시에 눈이 떠졌다.

'아⋯. 저기요. 여기 한국인데요.'

사무실이 숙소 바로 앞이라 9시 출근 시간을 맞추려면 넉넉히 8시에 일어나도 괜찮았다. 다시 잠을 청했지만, 시간이 흐를수록 정신이 말똥말똥해진다. 오늘도 잠의 자비를 기대하기는 틀렸다. 결국, 같이 온 팀원이 깰까 봐 불도 못 켠 채 나가, 근처 공원을 30분 뛰고 돌아왔다. 그리고 역시 팀원이 깨지 않게 아주 조용하게 출근 준비를 시작했다.

밤낮이 아예 바뀌는 런던이나 파리, 뉴욕으로 여행을 갔을 때도 마찬가지였다. 아예 잠들지 못하거나 한 3~4시간을 겨우 자고 역시 한국 시각으로 새벽 6시면 기상이다. 그 재밌다는 OTT의 시리즈물로 하룻밤을 꼬박 새워도 다음날의 기상은 10시를 넘지 않는다. 잠든 시간이 새벽 네 시든, 여섯 시든, 해가 뜨든 지든 상관없다. 나이를 먹을수록 초저녁잠이 늘고 새벽잠이 없어진다던데 초저녁잠도 없는 걸 보면 난 돌연변이인가 보다. 이런 지경이니 늦잠은 나에게 일종의 '로망'이다.

좋은 점도 있다. 늘 늦은 시간에 잠들고 이른 시간에 깨니 남들보다 하루를 꽤 길게 보낼 수 있다. 매일 같은 시간에 출근하고 비슷한 일을 정해진 방식으로 처리하는 직장인에게는 얼마나 장점인가. 나는 직장인이면서 플로리스트이고 할 게 많은 취미 부자 아닌가. 안 그래도 24시간이 모자라는데, 하루를 남들보다 길게 살 수 있다. 한번 일어나면 낮잠을 자는 경우도 거의 없으니 쓰려고만 하면 하루 18~19시간은 완벽하게 쓸 수 있다. 이만한 가성비가 없다. 그야말로 "오히려 좋아.", "럭키비키"다. 깨는 시간만큼 잠드는 시간도 일정하거나 한 시간을 자도 개운하게 푹 잘 수만 있다면 더없이 완벽하다.

최근 하는 일이 여러 개로 늘어나면서 잠자리에 드는 시간이 점점 늦어지고 있다. 잠드는 시간과 상관없이 늘 비슷한 시간에 깨다 보니 수면 부족 상태 역시 반복되는 중이다. 신경 쓰는 일이 많아지면서 자연스럽게 불면증도 함께 왔다. 세트로 다니는 두 개의 불치병으로 내 수면의 질은 현재 '빨간불'이다. 까만 밤을 하얗게 새운 다음 날까지도 잠들지 못할 때도 많다. 병원에 다니고 약을 먹으면 잠들기까지의 시간은 짧아지지만, 중간에 여러 차례 깨는 건 여전했다. 짧고 얕게 자는 건 예민해 빠진 성격 탓이겠지? 정말이지 너무 피곤해서 누가 봐도 눈이 데꾼한데 나는 여전히 잠들지 못한다.

얼마 전 "그러다 진짜 큰일 난다."라며 지인이 보내준 기사는 꽤 충격적이었다. 잠이 치매에 어마어마한 영향을 미친다는 내용이다. 치매를 예방하려면 잠을 꼭 자야 한단다. 잠자는 사이에 신경세포 활동이 정지되고 산소공급이 일시 차단된 상태가 되면 혈액이 빠져나간 자리에 뇌척수액이 공간을 채우면서 뇌가 깨끗해진단다. 뇌척수액이 들어와서 독성물질을 청소하는데 잠을 못 자면 그 활동을 할 수 없으니 치매 발병률이 높아지는 거라고 한다. 어쨌거나 잠은 자야 하고, 그것도 잘 자야 한단다.

누군가 "잠을 자기는 자니? 좀 쉬어야 해." 하면 "괜찮아. 죽으면 평생 쉴 거 아냐?" 했었는데 일부러라도 쉬어야 하는 거였다. 어쩐지 자꾸 깜빡깜빡하고 단어 하나 생각하는 데 걸리는 시간이 길어지더라니, 그 때문인가? 이러다 내가 나를 몰라보는 때가 생각보다 일찍 찾아오면 어쩌나? 덜컥 겁이 난다. 이제부터라도 잘 자는 연습을 좀 해야겠다. 오늘은 일단 새벽 배송된 꿀잠 보장 안대를 사용하는 것으로 시작해보자.

어디 잠 잘 자는 꿀팁 좀 알려주실 분?

9시 1분은 9시가 아니다?

청년들이 가고 싶은 회사 중 하나에 다닐 때의 일이다. 그 회사는 "9시 1분은 9시가 아니다."라는 규칙이 있었고 어느 날 갑자기 무작위로 부서를 지목해서 출근 체크를 했다. 그런 날 지각을 하면 대표님과의 면담 후, 일정 기간 대표님과 부서장 앞으로 출근 보고 메일을 매일 써야 했다. 그 메일의 발송 시간이 9시 이전이어야 하는 것은 물론이다. 기본은 한 달이지만 대표님의 결정에 따라 보름이 되기도 하고 두 달이 되기도 한다. 길게는 6개월까지 쓴 경우도 봤다. 듣자 하니 2년을 쓴 사람도 있다고 한다.

어느 출근길에 우리 부서가 '오늘의 주인공'이라는 소식을 들었다. 시계를 슬쩍 보니 아무래도 간당간당해 보인다. 잘하면 59분으로 세이프. 자칫하면 3분 지각이다. 오늘따라 신호는 왜 이리 자주 걸리고, 또 왜 이렇게 긴 걸까? 신호대기 중인 차 안에서 입술은 바짝바짝 마르고 브레이크를 밟은 발은 달싹달싹 동동거린다. 거의 울기 직전의 얼굴로 드디어 도착이다. 한겨울이지만 땀이 범벅! 지금 내 얼굴에 흐르는 게 눈물인지 땀인지 모르겠다. 사무실 문을 여는 순간, 정면에 보이는 시계가 9시 5분을 향해 가고 있었다. 동시에 동료를 불쌍히 여기는 모두의 눈빛이 나의 이마에 꽂혔다. 식은땀이 등을 따라 흐른다. 아니, 평생을 앓아 온 '늦잠 못 자요 병' 환자인 나는 일찍 일어나서도 왜 지각을 하는 걸까? 성실함은 직장인의 기본인데…. 망했다. 그렇게 한 달을 새벽같이 출근해서 메일을 쓰면서 다짐했다. '다시는 지각하지 말자.' 역시 성실함은 모든 것의 기본이다.

호된 경험 후 큰 깨달음을 얻은 나는 더는 지각을 하지 않았다. 물론 아슬아슬하게 출근할 때가 더러 있었다. 그런 날이면 성실함의 끝판왕이었던 우리 팀원들이 바짝 긴장했지만, 다행히 지각은 없었다. 대신 부작용으로 '심각한 꼰대'로 거듭났다. 응? 갑자기? 지각하지 않은 것과 꼰대가 된 것의 상관관계를 묻는다면 둘 사이에는 분명한 상관이 있다고 답하겠다. 내가 하지 않게 되면서 '지각하는 사람'에 대한 이해를 잃었기 때문이다. 그렇다. 이것은 개구리 올챙이 적 생각 못하는 꼴이다. 원래 사람은 '내로남불'이 아닌가? 내가 이제는 지각하지 않으니까 하는 말인데 "하나를 보면 열을 안다."라는 옛말은 진짜 참말이다.

회사가 강조했던 "9시 1분은 9시가 아니다."라는 규칙은 성실함에 관한 이야기다. 처음엔 뭘 이렇게 기본적인 것까지 규칙으로 넣었을까 싶었다. 성인인데 알아서 할 일 아닌가. 하지만 그 규칙은 성실함에도 기본이 있다는 것을 알려주었다. 그 방법도 출근 카드로 시간을 체크하는 것보다 훨씬 재치 있었다. 출근 시간은 계약서에 명시된 약속이지만 1~2분은 대강 넘어갈 수도 있다. 습관적인 지각이라면 문제가 되겠지만 한두 번은 계약 위반 위약금을 물거나 계약이 해지되진 않는다. 조금 민망해하며 조용히 들어가 앉아 일하면 그만이다. 언뜻 생각하면 '남에게 피해를 주는 것도 아닌데 뭐 어떤가?' 할 수도 있다. 하지만 경영진도 예외 없이 지키는 이 규칙은 내부 직원들은 물론 외부에도 인상적인 회사의 가치로 받아들여졌다.

성실함은 꾸준함도 중요하다. 아기가 처음 걸음마를 할 때를 생각해보자. 아무 도움도 없이 제대로 첫걸음을 떼기 위해서는 평균 2,000번은 넘어진다고 한다. 반드시 거치게 되는 성장의 단계이고 본능적인 과정이다. 성실하게 넘어지고 다시 일어서지 않으면 걸음마도 없다. 걸음마에는 편법도 없고 빠르게 걸을 수 있는 과외도 불가능하다. 일도 마찬가지다. 안된다고 포기하기보다 꾸역꾸역하다 보면 안 될 것 같았던 일도 마무리되어 있을 때가 많다. 성실함의 선물이다. 가끔 꾸준히 하는게 어렵다는 사람들을 만난다. 어떤 일을 시간을 지켜 매일 하는 것은 못 하겠다고 한다. 하지만 우리는 모두 성실한 걸음마의 시기를 거쳐 지금까지 왔다. 걸음마가 생존을 위한 본능이었다면 지금은 선택할 수 있다는 점이 다를 뿐이다. 걷는 데 문제가 없다면 꾸준히 하는 것도 당연히 할 수 있다. 내가 포기하지만 않는다면.

대학원 시절 논문은 엉덩이로 쓴다는 우스갯소리를 동기들과 자주 했다. 당장은 아무것도 생각나지 않아도 일단 앉아서 쓰려고 하다 보면 어떻게든 진도가 나간다는 이야기다. 그 우스갯소리는 비단 내 동기들끼리만의 얘기거나 논문에만 해당하는 얘기도 아닐 것이다. 어려운 일들도 엉킨 실타래를 풀듯이, 퍼즐 맞추듯이 천천히 하다 보면 해결점이 보이기도 한다. 아닌 게 아니라 나는 스트레스가 심할 때면 1,000조각짜리 퍼즐을 꼼짝 않고 맞추기도 한다. 2박 3일이 걸릴 때도 있고 더 걸릴 때도 있다. 맞출 때는 매번 조각이 몇 개 부족하거나 잘못 들어간 것 같다. 하지만 다 맞추고 보면 완벽한 1,000조각이 하나의 그림을 만든다. 하나를 맞추고 싶은 내가 거기에 꽂혀 다른 조각을 찾지 못했을 뿐이다. 완성한 후의 성취감은 처음 시작할 때의 막막함에 비할 것이 아니다. 처음 조각을 찾지 못했을 때 '빠른 포기'를 선택할 수도 있지만, 포기하지 않았기 때문에 성취감을 얻을 수 있었다. 할 수 있을 때까지 최선을 다해 본 후에 포기하는 것도 늦지 않는다.

나는 직장생활을 하는 20년 동안 성실했다. 어쩌면 나의 재능 없음을 성실로 메꾸고 싶었는지도 모른다. 나는 쉬운 방법으로 질러가는 방법은 잘 모른다. 하나의 정법(正法)을 알게 되면 미련할 정도로 묵묵히 한다. 그 덕에 닥친 문제를 해결하고 어려운 상황을 벗어난 적도 있다. 부족함을 성실함으로 채울 수 있다면 그것만으로도 충분하다. 최근 개그맨 '박명수'가 했다는 말처럼 중요한 것은 **"중간에 꺾이더라도 그만두지 않는 마음"**이다.

성실함은 내가 어떤 사람으로 살아가겠다는 약속, 어떤 일을 시작하는 데 있어 꼭 해내고야 말겠다는 다짐이다. 또 어려운 일들을 해결하는 동력이자 무기라 믿는다.

SNS상에서 누구나 적어도 한 번은 봤을, "성공하고 싶다면 일어나서 이부자리 정리부터 하자."와 같은 맥락이다. 언제나 바위를 뚫는 것은 한 방이 아니라 같은 자리로 반복해서 떨어지는 낙숫물이라 믿는다.

섣부른 단정일 수도 있지만 적어도 지난 20년의 직장생활 동안 지각을 밥 먹듯이 하면서 일을 완벽하게 해내는 천재는 본 적이 없기 때문이다.

5

야근이 이렇게 재밌을 줄이야

'야근'

직장인들이 좋아하려야 좋아할 수 없지만 어쩔 수 없이 친한 단어. 오늘 일은 되도록 야근 없이 업무시간 중에 마치면 좋다. 아니, 퇴근 시간은 빠르면 빠를수록 좋다. 나도 주 6일 근무로 직장생활을 시작하고 '놀토(격주로 노는 토요일)'가 처음 생겼을 때 얼마나 좋았는지 모른다. 주 5일 근무는 말해 무엇하랴. 요즘 주 4일 근무하는 회사들도 하나둘 생기고, 도입을 검토하는 회사들도 여기저기 늘어나고 있다고 한다. 직장인들에게 당연히 근무시간은 짧으면 짧을수록 좋고, 돈은 많이 받으면 받을수록 좋은 거 아닌가. 잠깐! 대표님들은 잠시 눈 좀 감아주십쇼!

한참 야근을 밥 먹듯이 할 때가 있었다. 내가 일머리가 없어 그랬는지, 일복이 터진 것인지 야근이 정말 많았다. 그 당시 제일 많이 들었던 이야기는 "아니, 집에는 가신 거죠? 어제 퇴근할 때 분명 똑같은 모습을 본 것 같은데?"였다. 그리고 나는 '우리 층에서 제일 일찍 출근하고 제일 늦게 퇴근하는 사람'이었다.

나는 야근하는 내가 좋았다. 지금도 여전히 철딱서니 없지만, 그때는 야근이 넘쳐나면 왠지 멋진 커리어우먼이 된 기분이 들었다. 야근을 밥 먹듯이 하는 게 요령이 없는 건 줄은 까맣게 몰랐다. 야근은 내게 허세이자 직장인의 로망이었다. "나 참 멋지지 않니? 난 우리 회사에 없어서는 안 될 핵심인재야."라고 티 내고 싶은 그런 마음이었다고 할까. 내가 '핵심인재'는 아니더라도 그게 누구인지 정도는 한눈에 알아볼 수 있을 만큼 나이를 먹은 지금은 그때의 내가 참 부끄럽다.

당시 우리 팀에는 일이 진짜 많았다. 일상적인 업무 외에도 날마다 처리할 새로운 이슈들이 생겼다. 당연히 팀원들이 함께 야근하는 일도 꽤 잦았다. 그때 동료들은 또래의 좋은 사람들이었고 서로 잘 맞았다. 아침부터 저녁까지 종일 딱 붙어 지내다 보니 진짜 가족보다 가깝게 느껴지기도 했다. 날씨가 좋은 날이면 점심시간을 이용해 회사 근처 공원으로 돗자리를 들고 소풍도 갔다. 부산으로 1박 2일 플레이샵을 친구들과 여행 가듯이 간 적도 있다. 야근하다 저녁 식사 중에 곁들인 반주가 흥을 부르면서 회식이 되는 일도 종종 있었다. 이쪽에서 "아우! 오늘 일 다 못했는데?" 하면, 저쪽에서 "원래 오늘 못한 일을 하라고 내일이 있는 거야."라고 주고받았다. 그 덕에 내일의 나는 늘 고생했지만, 정신없이 바쁜 와중에도 즐겁게 일할 수 있었고 동료들에게 많은 위로를 받았다.

아니, 야근이 이렇게까지 재미있을 일인가. 오히려 일찍 퇴근하면 집에 있는 내가 어색해서 엉뚱하게 시간을 보내는 날들도 있었다. 야근을 함께할 수 있는 동료들이 있어서 좋았던 모양이다. 게다가 다들 일에 진심이어서 좀 더 나은 결과를 만들기 위해 끊임없이 고민하고 서로를 응원했다. 가족보다 많은 시간을 함께하는 가장 가까운 관계. 그런 동료들과의 시간이 힘들었던 야근의 기억을 왜곡했을지도 모른다. 야근이란 재밌고 좋은 것이라고 말이다. 그렇게 좋은 동료들을 만나는 행운은 자주 오지 않는다. 다른 직장으로 이직을 한 다음에도 야근은 줄지 않았고 함께하는 동료들도 나쁘지 않았다. 하나같이 선하고 친절했다. 하지만 이후로는 야근은 그렇게까지 재밌지 않았고 할 일이 생기면 '혼자'를 더 편하게 느꼈다.

지금도 마찬가지다. 여전히 야근에 대한 거부감은 거의 없는 편이다. 어차피 혼자 집에 있어도 뭐든 하면서 바쁠 거라 그게 회사냐 아니냐의 차이가 있을 뿐이다. 놀 줄 모르는 나는 쉬는 날도 일한다. 한시도 가만 있지 못하고 종일 종종거린다. 열심히 움직이고 나면 그렇게 뿌듯할 수가 없다. 이것이 일개미의 팔자인가.

이직을 위한 인터뷰를 하다 보면 "저희가 일이 좀 많아요. '워라밸'을 못 지켜드릴 것 같은데 괜찮으시겠어요?"라는 질문을 받을 때가 있다. 아무래도 일손이 적은 스타트업일 때 더 그렇다. 연차가 쌓이다 보니 넘치는 업무량을 버틸 수 있을지 걱정하는 질문이다. 또, 요즘처럼 워라밸이 중요해지는 시기에 일보다 더 중요한 다른 것이 있지 않을까 싶은 염려도 있을 것이다. 그럴 때면 "그럼요. 한 사람이 한 사람의 일만 할 수 없는 게 스타트업인데요. 당연히 그럴 수 있죠. 괜찮습니다."라고 쿨하고 시크하게 답한다. 워라밸이 좀 지켜지지 않으면 어떤가. 일하다 보면 시간이 되었다고 딱 끊을 수 없는 것 아닌가. 야근이 많아도 정말 괜찮다. 그리고 여전히 나는 야근할 때면 그 시절의 즐거웠던 기억을 야금야금 꺼내 쓰곤 한다.

'그때 참 좋았지. 그때 그 동료들은 잘 지내고 있을까?'

직장인에게 야근은 반갑지 않은 손님이다. 그 손님맞이의 시간을 공유할 수 있는 동료들이 있다는 건 직장생활에서 더할 나위 없는 위로임이 분명하다. 내가 야근을 싫어하지 않는 어른으로 자란 것은 다 그때 그 동료들 덕분이다. 일로 만난 사이지만 일만 하는 것은 아닌 좋은 동료가 있다면 야근도 충분히 즐거울 수 있다.

오늘도 밤낮없이 '열일'하고 있을 모든 직장인이여! 당신과 동료의 야근도 축복이기를 바라본다. 물론 그보다 먼저 야근 없는 축복을 앞서 만나시길….

6

건망증 환자의
주간보고 울렁증

　내게는 '늦잠 못 자요 병'만큼 고치기 어려운 불치병 두 가지가 더 있다. 하나는 '어디에다 뒀더라 병'이고 다른 하나는 '뭐 말하려고 했더라 병'이다. 사람들은 이 두 가지를 세트로 묶어 '건망증'이라고도 부른다. 아마 많은 직장인이 비슷한 증상을 가지고 있을 텐데 내 경우엔 좀 더 심하다. 기억에 심각한 문제가 있는 게 아닐까 싶을 정도로 기억력이 나쁘다.

　머리에 빗을 꽂고 한참을 찾다가 머리에서 툭! 하고 떨어져서 찾는 일 정도는 놀랍지도 않다. 휴대전화를 들고 통화 중이면서 "잠깐만, 나 휴대전화가 없어졌어. 찾고 전화할게."라고 할 때도 있다. 가방 안에 넣어

둔 동전 지갑 찾기, 회사 책상에 올려둔 안경 찾기 같은 건 일상다반사다. 외출하면서 현관문이 잠겼는지 보고도 못 믿어서 보고 또 보고. 가스 밸브를 잠갔는지 확인하느라 엘리베이터만 다섯 번을 탄 적도 있다. 비슷하게 "내가 뭘 하려고 했더라."는 하루 중 가장 많이 하는 말이다. 대부분 현관문이나 가스도 잘 잠겨 있고 물건들도 내가 둔 그 자리에 있다. 매번 다른 곳에 뒀다가 못 찾을까 봐 같은 자리에 두기 때문이다. 그래도 눈에 보이기 전까지는 늘 불안하다.

기억력도 나쁜데 급하디 급한 성격도 한몫한다. 성격 탓에 일단 몸이 움직이고 "아! 맞다", "아, 그거!" 한다. 가슴에 손을 얹고 일부러 그런 적은 단 한 번도 없다. 잘 챙겨두고도 까먹는 일은 흔하다. 가만있자. 그러고 보니 작업실 계약서는 어디 뒀더라.

그런 이유로 내일 입을 옷과 들 가방에 신을 신발도 일기예보에 맞춰 미리 챙겨둔다. 나가는 길에 가져가야 할 게 있으면 미리 챙겨서 나갈 때 못 보고 지나칠 수 없는 현관 앞에 둔다. 또, 오늘의 할 일을 미리 다이어리와 메신저, PC 메모장과 휴대전화 알람에 두 번 세 번 적어서 체크하는 것도 같은 이유다.

물건이나 상황에만 그러는 것은 아니다. 너무 재밌어서 이미 세 번 이상 본 드라마의 줄거리나 에피소드를 싹 잊을 때도 많다. '저 드라마에 저런 장면이 있었나?' 하면서 매번 몰입한다. 오죽하면 친한 친구가 "그걸 또 봐?" 할 정도다.

'내가 이걸 봤었다고? 근데 왜 내용이 이렇게 새롭지?'

예전에 보았던 애니메이션 〈도리를 찾아서〉가 생각난다. 내가 본 몇 편 안 되는 애니메이션 중 하나인데 주인공 도리는 '모태 건망증' 환자다. 무엇이든 돌아서면 새까맣게 잃어버린다. 보면서 소름이 돋았다. 누가 내 이야기로 영화를 만든 게 아닐까 싶었다(그 애니메이션 내용이…. 뭐였더라?). 이 지경이니 나의 기억만큼 못 믿을 것이 없다.

얼마 전이다. 사무실 문을 열고 모두에게 "굿모닝" 아침 인사를 건네는 순간이었다. '아차! 내 노트북!' 거실 테이블 위에 얌전히 올려두고 온 노트북이 생각났다. 회사 업무를 처리하려고 어제 노트북을 가지고 퇴근했었는데 그걸 두고 온 것이다. 노트북으로 업무를 하는데 놓고 왔다는 건 무기 없이 전쟁터에 나온 격이다. 집으로 다시 가야 하나 잠시 당황했지만, 곧 피식하고 웃음이 났다. '내가 그렇지 뭐. 운수 좋은 날인가?' 어쩐지 오늘따라 날씨도 좋고 기분도 좋고 길도 덜 밀리더라니…. 그래, 몸도 마음도 너무 가볍다 싶을 때는 의심을 해야 했다. 이럴까 봐 매번 미리 챙겨놓는 건데 현관 앞 테이블 위에 올려둔 것도 놓고 오다니. 역시 못 믿을 것이 나로구나. 늘 있는 일이라 놀랍진 않지만, 오늘 일은 어떻게 해야 하나 방법을 고민해 보자. 정 방법이 없으면 집에 다녀오지 뭐.

그때였다.

"저 노트북 두 대 있는데 한 대 빌려드릴까요?"

한 팀원이 구원의 손길을 내밀었다.

'아! 세상에 천사가 존재했구나. 천사가 사람으로 나타났다면 이 친구의 모습이지 않을까?'

갑자기 나타난 천사의 제안을 냉큼 받아들이면서 오늘의 고민은 싱겁게 해결되었다. 빠른 고민 해결은 덤으로 나에게 뿌듯함을 선사했다. 예전 같으면 늘 조마조마하며 걱정이 걱정을 낳았을 텐데 걱정이 많이 줄었구나. 이게 40대가 주는 안정감일까? 나이를 먹는다는 건 불안함만 주는 줄 알았는데 여유가 생기는 부분도 있는 것 같아 고맙다. 이제 나도 진짜 어른이구나. 다 컸다.

뿌듯함도 잠시. 고마운 건 고마운 거고 이렇게 여유 부리고 있을 때가 아니다. 이제 주간보고라는 넘어야 할 산이 남았다. 이상하다. 주간보고만 쓰려면 왜 머릿속이 하얘지는 걸까? 조금 전의 다 컸다던 그 기특하고 의연했던 나는 사라지고 없다. 분명 지난주에 정신없이 바빴고, 매일 업무를 정리해 뒀는데 주간보고를 쓸 때마다 웃는 얼굴로 머리를 쥐어뜯는다. 오늘도 입술이 바짝바짝 마른다.

군이 말하자면 모든 보고는 다 떨린다.

'목적과 의도에 맞게 잘 정리하였는가? 빠뜨린 건 없나? 예상치 못한 질문이 나오면?'

연차가 쌓이면서 조금 나아졌지만, 20년 차가 된 지금도 보고는 늘 내게 부담스럽다.

아! 오늘 잊은 건 노트북이 아니었구나. 다른 건 다 잊어도 반드시 기억해야 할 그것, 주간보고! 떨리는 마음으로 다이어리와 메신저, 캘린더 기록을 뒤져가며 한 땀 한 땀 작성한다. 주간보고 시간이 다가온다. 진짜 다음 주에는 기필코 미리 정리해서 두려워하지 않을 테다. 오늘도 굳게 다짐하지만 난 이미 알고 있다. 다음 주에도 나는 떨고 있겠지?

다음 주의 나야, 정신 줄 단단히 붙들어라!!

7

알쓰도
알콜로 위로받습니다

오늘은 이래저래 속이 시끄러운 날이다. 집에 들어오면서 맥주가 생각났다. 아무도 없는 집에서 편하게 복장 좀 갖추고 혼술을 즐겨야겠다.

퇴근길에 편의점에 들렀다. 신중하게 다섯 캔에 12,000원짜리 작은 맥주를 고른다. 집에 도착하자마자 샤워를 얼른하고 잠옷으로 갈아입었다. 그리고 정갈하게 맥주잔과 안주를 잘 갖춰 테이블에 앉았다. 오늘의 안주는 치킨. 상자에서 꺼내 예쁜 접시에 담는다. 혼자여도 대강 먹을 순 없다. 보기 좋은 떡이 먹기도 좋다지 않은가. 취미는 '장비 발', 음식은 '플레이팅 발'이다.

"칙! 딸깍!"

맥주의 탄산이 목을 타고 넘어간다. 역시 치맥은 직장인 영혼의 고단함을 풀어주기 최적이다. 이리 쓰니 혼술깨나 즐기는 애주가 같지만 사실 난 '알쓰(술을 전혀 즐길 줄 모르는 알코올 쓰레기)'다. 사 온 맥주 다섯 캔 중 한 캔이면 얼큰하게 취하기 딱 좋다. 그나마도 맥주 한 모금에 안주 한 번은 세트! 안주 없이 두 모금은 지나친 모험이다. 가끔 술이 잘 들어가는 것 같아 두 캔을 시도할라치면 심장이 가슴에 있는지, 머리에 있는지 헷갈릴 정도로 쿵쾅거린다. 세 캔이면 가끔 노래도 부른다. 부르는 노래는 정해져 있고, 그것도 늘 딱 두 소절만 반복 플레이다.

"어느 날 우연히 그 사람 본 순간 다리에 힘이 풀려 주저앉고 말았지. 그토록 애가 타게 찾아 헤맨 나의 이상형 원, 투, 쓰리, 포."

어릴 적 모두의 애정을 듬뿍 받았던 혼성 가수 쿨의 〈운명〉 중 도입부 두 소절이다. 평소 진짜 좋아하는 노랜데, 술기운만 돌았다 하면 그 두 소절 이상은 생각나지 않는다. 가끔 다른 노래가 머릿속을 맴돌기도 하는데 어떤 노래든 늘 후킹 소절 중 딱 두 마디만 떠오른다. 취기에 그게 무슨 노랜지 궁금할 땐 핸드폰 속 〈네이버〉를 연다. 음악검색 기능 켜고 핸드폰에 대고 직접 부른다. 떠오른 딱 그 두 소절만. 그렇게 해도 검색이 되느냐고? 그럴 리가! '주변의 소음이 너무 커서 검색이 안 된다.'라는 냉정한 답변만 받는다. 똑똑한 녀석! 〈네이버〉 음악검색 기능의 스마트함은 칭찬받아 마땅하다.

보통 사람들은 기분 좋을 때도 마시고 위로가 필요할 때도 술을 마신다. 반면 내게는 술이 그동안 크게 위로가 되거나 기쁨을 주지 않았다. 일단 알코올이 들어가기 시작하면 온몸이 붉게 물든다. 내 몸에는 알코올 분해 효소란 게 전혀 없는 모양이다. 붉어진 얼굴과 손발로 동네방네 술 마셨다고 소문내고 싶지 않았다. 눈앞이 뱅글뱅글하고 머리가 어질어질한 것도 싫었다. 대체 좋은 게 하나도 없는 술을 왜 마시는 걸까.

직장생활을 하면서 제일 어려웠던 것 중 하나는 나의 미천한 음주 실력(?)이었다. 회식 자리에서도, 사람들과 개인적으로 친해지는 데도 술은 필요했다. 어디를 가나 음주와 더불어 가무도 되는 인재들은 많았고 그들은 인기를 누렸다. 나 같이 음주·가무가 안 되면 참석에 의의를 둘 뿐이다. 조직이나 업무 특성, 선배나 상사의 성향에 따라 억지로 마시게 되는 경우들도 있다. 다행히 내가 했던 일들은 음주가 필요한 업무가 아니었다. 또, 좋은 선배와 상사만 만났는지 대학 신입생 때도, 신입사원 때도 처음 한 번이면 더는 아무도 술을 권하지 않았다. 오히려 술만 들어가면 잠들어버리는 나와 술을 마셔보겠다고 워크샵을 추진하는 팀장님도 있었다.

그동안은 '알쓰'라 불편한 것보다 편한 것이 많았는데 마흔이 넘으니 풍류를 즐기지 못하는 게 살짝 아쉬웠다. 가끔은 친구들과 분위기 좋은 식당에서 와인을 마시고도 싶었다. 좋은 사람들과 모임에서 자연스레 권하는 맥주 한 잔쯤 아무렇지 않게 나누고도 싶었다. 그래서 혼자 슬슬 시동을 걸었다. 친한 친구들과 집처럼 편한 자리에서 맥주 한 잔씩을 시도하다 보니 그렇게 마셔도 안 늘던 술이 점점 늘었다. 알코올이 들어간 나는 여전히 벌겋고, 심장이 쿵쾅거리다 금세 잠들어버리지만 어릴 때보다는 좀 더 버틸 수 있다. 그저 쓰기만 할 뿐 모두 똑같던 맥주에서 꽃

향기도 맡고 내 취향이 에일보다는 라거인 것도 안다. 심지어 위스키 같은 독주에 흥미를 느끼게 될 만큼 폭풍 성장했다. 이제 내게는 좋아하는 위스키를 모아둔 선반도 있고, 냉장고에 김치는 없어도 맥주는 꼭 있다. 가끔은 막걸리와 와인도 있다.

"술은 마시면 느는 것"이라던 선배, 언니, 오빠들아, 마시면 늘긴 하더라. 님들이 옳았다. 술은 절대 늘지 않는다며 내게 권하지 말라고 단호하게 선 긋던 당신들의 동생, 후배는 이제 맨날 술이다.

아! 가무는 넣어두자. 이번 생에서는 글렀다. 술은 늘어도 몸치 · 박치는 나아지지 않더라. 자연스럽게 그루브를 타고 넘치는 흥을 멋있게 표현하고 싶었는데 타고난 뻣뻣함은 구제 불능이다. 그건 다음 생을 기대해 보기로 하자.

오늘 나의 위안은 치맥 대신 돈맥이다. 치얼스! 나의 혼돈맥(혼자 먹는 돈가스와 맥주)! 오늘 밤도 즐겨보자.

"라이더님, 나의 돈가스를 안전하게 잘 부탁드려요."

8

오늘보다 나은 내일

"왜 사냐 건 웃지요."

김상용 시인의 「남으로 창을 내겠소」의 마지막 구절이다. 나는 이 구절을 생각만 해도 마음이 노곤노곤 풀어지는 기분이다. 왜 사냐는 질문에 웃는다니. 마음에 얼마나 여유가 있으면 그럴 수 있을까 싶은 생각도 든다. 살다 보면 웃을 일이 생각보다 별로 없다 느껴질 때가 있다.

나의 지난 직장생활은 좋았고 행복했지만 한편 고통스러웠다. 내가 가지거나 할 수 있는 것 보다 갖지 못한 것을 욕심냈고 내게 없는 것을 가진 사람들을 질투했다. 그리고 그 감정들은 나에게 동기부여가 되지 않았다. 인정받으려고 애썼지만 원하는 대로 되지 않으면 오히려 그 감정들이 상처가 되었다. 겉으로는 아무렇지 않은 척 친절하고 따뜻한 동료지만 혼자 병들어갔다.

직장인인 '나'는 좋지만, 그 안에서 고통받는 나의 상반된 감정은 말로 설명하기가 어렵다. 나를 구렁텅이로 밀어 넣는 것은 늘 나였다. 끊임없이 더 깊고 어두운 곳으로 밀고 또 밀었다. 지금은 다행히 벗어났지만, 그 안에서 외로웠던 나는 나를 미워하고 세상을 원망했다. 언제나 사람들의 시선이 두려웠다. 어쩌다 칭찬을 들어도 그저 듣기 좋으라고 하는 빈말이라고 생각했다. 나는 칭찬받을 만한 것이 하나도 없는 단점투성이라고 믿었다. 내가 웃는 게 웃는 게 아니었다. 나를 꺼낼 수 있는 건 오로지 나 혼자뿐, 아무도 나를 도울 수 없다. 나 스스로 나를 끌어내는 수밖에.

나를 그 구렁텅이에서 끌어낸 건 시간이 지나 자연히 늘어난 나이와 그 뒤에 따라온 무뎌짐이었다. 20년쯤하고 나니 어차피 한 번쯤은 해본 일들이라 예전보다 겁이 덜 나기도 했다. 자연스럽게 여러 사건도 별일 없이 이겨냈고 이런저런 도전들도 잘 해냈다. 그사이에 나를 믿고 의지하고 사랑하는 방법들도 배웠다. 나를 믿고 사랑하니 두려워할 것이 없었고, 더 당당해졌다.

내가 나를 사랑의 눈으로 바라보는 데 가장 도움이 된 건 '칭찬 일기'다. 그동안의 나는 나에게만 유난히 엄격했다. 버릇처럼 "이 세상에 못 믿을 것이 사람이고 그중 가장 못 믿을 것이 나다."라고 이야기 해왔다. 당연히 스스로 칭찬 같은 건 할 리 없다. 하지만 칭찬 일기를 쓰기 시작한 후로는 긍정적인 말을 하는 것이 어렵지 않았다. 다른 사람의 칭찬 말고 내가 나에게 해주는 칭찬의 힘은 실로 막강했다. 사람들의 시선 따위 알 바인가. 더는 과거의 나를 비난하지 않는다. 사람 사는데 정답이 어디 있을까. 정답이 있다 한들 좀 틀리면 어떤가. 조금 잘못되었다면 바로 잡으면 그만이다. 살아보니 세상이 무너질 만큼 큰일은 없다. 이 세상에서 제일 못 믿을 것이 나였던 내가 나를 믿고 의지하게 되었다니. 내 인생에서 다시없을 크고 놀라운 변화다.

예전엔 입고 나온 옷이 어딘가 마음에 들지 않는 날이면 사람들이 전부 나만 보는 것 같아 움츠러들었다. 남들 눈에는 보이지 않을 내 흠을 내가 찾기 바빴다. 지금은 다르다. 눈썹이 좀 삐뚤고 옷이 좀 이상해도 괜찮다. 어디가 좀 어색해도 나는 변하지 않는다. 내일은 안 볼 사람들에게 잘 보이지 않아도 된다는 것을 너무 잘 안다. 내일 다시 만날 사람이면 또 어떤가. 사람들은 생각보다 나에게 관심이 없다. 혹 관심이 있더라도 아주 잠깐일 뿐이고 내가 나인 것은 변함이 없다.

얼마 전 일이다. 다음 날 처리할 업무 때문에 급하게 나갔다 집으로 돌아오는 길이었다. 유턴 신호를 받으려고 서 있는데 나보다 두 대 앞에 서 있던 차가 직진 신호에 유턴했다. 너무 자연스러워서 위반인 줄도 몰랐다고 하면 어설픈 핑계다. 그걸 보고 내 앞차도 유턴했고 나도 아주 잠시 고민하다가 곧 그의 뒤를 따랐다. 내 뒤차부터 그 뒤차와 그 뒤의 뒤차까지. 한 7대쯤의 차량이 줄줄이 뒤를 따라 유턴했다. 그리고 유턴하자마자 경찰관의 경광등 수신호가 기다리고 있었다. 어쩐지 서고 싶더라니…. 유난히 환해 보이던 경찰관의 얼굴은 느낌이었겠지. 언제나 그렇지만 슬픈 예감은 틀리지 않는다.

　결국, 신호 위반으로 벌점 15점에 6만 원의 범칙금 딱지를 획득했다. 신호 위반 벌점이 그렇게 높은지 몰랐다. 딱지를 떼주던 경찰관에게 "신호 위반 벌점이 이렇게 높았나요?" 물었더니 두 번째로 벌점이 높은 위반 사유란다. 당황해서 경찰관이 친절하게 얘기해 준 첫 번째 사유는 뭐였는지 기억이 나지 않는다. 그동안 속도위반 우편물은 몇 번 받았어도 신호 위반 딱지는 운전 경력 20년 만에 처음이다. 이번 달 돈 나갈 데가 천지인데 또 이렇게 나를 돕는구나. 딱지 발급 후 10일이 지나면 가산금이 붙는다고 하니 얼른 내버리자. 대가를 치르고 나서야 안 얻어도 되는 낯선 지식을 하나 얻었다. 지키라고 만들어 둔 법을 어겼으니 벌점이든 딱지든 받아도 싸다. 반성한다. 그래도 예전 같으면 한 달 내내 싸매고 누웠을 일인데 다시는 그러지 않기로 머릿속에 잘 새겨 넣고 툭툭 털었다. 이제 더는 사소한 일들로 나의 하루를 해치지 않는다. 정말 많이 컸다.

　유튜브에서 지나가다 만난 프랑스 청년과 인터뷰를 나누는 영상을 우연히 보았다. 인터뷰 끝에 진행자가 "요즘 어떤 고민이 있느냐?"고 질문했는데 청년의 답변이 예술이었다.

"Life is beautiful."

아름다운 삶에 고민이 있을 리 없다는 좀처럼 듣기 쉽지 않은 답변이다. 진행자들은 의외라는 듯이 이유를 물었고 이어지는 청년의 답변은 이랬다.

"정확하게는 모르지만, 가족도 잘 지내고 저도 잘 지내고 친구들도 잘 지내요. 좋은 사람들 만나고 여행 다니고, 공부하고, 졸업하고, 일하고 있고, 모든 게 좋아요."

그의 답변을 믿을 수 없다는 듯 진행자가 스트레스는 없는지 다시 물었고 청년도 단호하게 다시 답했다.

"Zero."

이토록 흔한 질문에 이런 멋진 답을 한 번도 본 적이 없다. 행복이 별건가. 나와 내 주위 사람들이 별일 없이 잘 지낸다면 그게 행복이다. 가진 것보다 더 가지려고 욕심만 부리지 않는다면 성공이다.

그래서 요즘의 나는 행복하다. 내일 일을 미리 걱정하지 않고, 그저 하루가 잘 살아지면 그것으로 좋다. 걱정 인형이었던 나의 변화를 보며 사람들이 궁금해한다.

"대체 무슨 일이야? 어떻게 그렇게 된 거야?"

그러게나 말이다. "행복하냐?" 물으면 "행복하다." 답하고, "왜 행복하냐?" 물으면 "불행할 이유가 없기 때문"이라고 말한다. 석 달 후에는 행복하지 않은 상태일지도 모른다. 사실 지금도 조금은 쫄린다. 그래도 지금은 그때의 걱정을 하지 않으려 한다.

오늘 조금 부족할 수 있지만, 내일 더 잘하면 되는 것 아닌가? 성장이라는 건 20년 차 직장인도 누릴 수 있는 권리다. 나는 한 번도 정점을 찍은 적이 없으니 올라갈 일만 남았다.

최고가 되지 않더라도 오늘보다 나은 내일이면 그걸로 충분하다. 나이를 먹어도 자랄 수 있다는 건 얼마나 멋진 일인가?

나는 오늘보다 내일 더 자라고 더 잘할 것이다. 그리고 그렇게 더디더라도 천천히 가려 한다. 은퇴할 때까지, 아니 죽을 때까지 감사하는 마음으로 행복하게.

피할 수도 즐길 수도 없는 나, 그리고 당신에게

오늘 하루는 어땠나요? 넘쳐나는 회의와 야근으로 피곤함에 찌든 몸을 겨우 일으키지는 않았나요? 스트레스를 날려줄 한 잔 술에 기대지는 않았나요?

돈 벌기는 왜 매일 해도 날마다 낯설까요? 피할 수 없다면 즐기고 싶은데, 그조차도 쉽지 않습니다. 매일 지치고 힘들지만 꾸역꾸역하면서 견뎌낼 뿐이죠. 하고 싶어 하는 일보다 해야 하고, 할 수 있는 일들을 먼저 하면서요

근데 그거 알아요? 그렇게 쌓이는 하루의 힘은 진짜라는 거.

기운 내세요 오늘은 어제와 다르고, 오늘을 잘 살아낸 우리의 내일은 분명 더 멋질 테니까요.

3장

우당탕탕!
하루살이 직장 생존기

오늘 하루도 명랑하게 잘 살아낸
기특한 나에게 아낌없이 칭찬해주자.

"오늘도 잘했어!"

돌아이 질량보존의 법칙

누구나 사람들을 지나치게 피곤하게 하는 한 명 정도는 알고 있다. 그들은 자기밖에 모르는 안하무인이거나, 넘치는 화를 주체하지 못하거나, 자꾸만 민폐를 끼친다. 요즘에는 '빌런'이라고도 불리는 그들은 오랫동안 '돌아이'라고 불렸고 어느 조직에나 한 명쯤은 반드시 있다. 우리는 그것을 '돌아이 질량보존의 법칙'이라고 한다. 또 만일 조직에 한 명도 없다면 스스로를 의심해 보라고도 한다. 20년의 직장생활에서 가장 위로를 준 건 사람이었지만 나를 가장 힘들게 했던 것도 사람이었다. 툭던진 말 한마디, 스치듯 남긴 눈빛 한 점, 아무 생각 없었을지 모르는 사소한 행동 하나. 나는 그들의 말과 행동에 상처를 입었다. 지나치게 예민한 내 성격도 한몫했다. '내가 부족한 탓'이라며 땅을 파고 들어갈 때마다 나를 위로했다.

'돌아이는 질량보존이라더니 예외가 없구나.'

우스개 같은 법칙을 증명이라도 하듯 내가 있던 조직들에도 그런 '분'이 최소 하나씩은 꼭 있었다. 그들은 상사나 동료이기도 했고 팀원이거나 손님이기도 했다. 또 그들은 하나일 때도, 여럿일 때도 있었다. 아마 그들 중 대부분은 본인인 줄 전혀 모를 것이고, 여전히 누군가에게 그러고 있을 거다. 혹시 그게 나였다면…. 여러분, 미안하다. 어쨌거나 그들은 세상 무서운 줄 모르던 천둥벌거숭이인 나를 그렇게 20년 동안 서로 품앗이하듯 키웠다. 그들의 육아법은 가정교육보다 따끔했다. 그 덕에 나는 웬만한 상황이나 사람에는 놀라지 않는 어엿한 사회인으로 자랐다. 그렇다. 20년 차 직장인으로 나를 키운 것의 절반은 돌아이들의 공동육아였다. 그들이 사용하는 스킬은 다양했고 현란했다. 돌아이를 육성하는 학원이 있거나 집에서 매일 연습하는 게 아닐까 싶을 정도다.

누구는 소리를 질렀고, 누구는 사람의 감정을 후벼 팔 정도로 빈정댔다. 또 누군가는 본인의 라테를 들먹이며 갑질을 일삼기도 했다.

예전에 근무했던 회사에 같은 팀원이면서 연차도 비슷한 동료가 하나 있었다. 그는 나와 다른 동료들에게 일을 어디로 배웠냐고 쏘아붙이거나 빈정거리기 일쑤였다. 가끔은 예전 자기 같았으면 얼굴에 서류를 던졌을 일이라면서 참 회사 생활 쉽게 한다며 말로 상처를 주기도 했다. 심지어 자기 말을 듣지 않으면 대놓고 따돌리는 일도 있었다. 그의 갑질은 이제까지는 경험해 본 적 없던 새로운 유형이었다. 동료들은 그 앞에서 점차 입을 닫았고 그는 자기 권력이 먹혔다고 믿는 듯했다. 아무도 그를 팀장으로 임명하거나 인정한 적 없는데 그는 왜 그리 동료들을 닦달했을까?

또, 다른 회사에서 근무할 때의 일이다. 중간에 기존 팀에서 팀장만 한 번 바뀐 적이 있었는데 새로 온 팀장이 대놓고 나와만 말을 섞지 않았다. 처음엔 내가 너무 예민한가 했는데 누가 봐도 티가 나는 상황이었다, 그렇게 두 달쯤 지났을 땐가. 답답한 마음에 "팀장님과 잘 지내고 싶은데 어떻게 하면 되느냐?" 물었다. 개소리지만 신박했던 그의 답은 이랬다.

"나와 친해지고 싶으면 넷 중 하나라도 하면 돼요. 술을 마시던가, 담배를 피우던가, 애를 키우던가, 골프를 치던가."

안타깝게도(?) 이 보기 중에는 내가 할 줄 아는 것도, 관심 있는 것도 없었다. 그건 함께 근무하는 팀의 모두가 알고 있었다. 그냥 나와 더는 가까워지고 싶지 않다는 의미로밖에 볼 수 없었다. 내가 그렇게까지 싫었던 걸까? 내가 만나는 열 명 중 세 사람은 내가 뭘 해도 싫어한다더니 이 사람이 그 셋 중 하나인가보다. 인상 깊었던 그 대화 이후 나는 팀장과의 관계 맺기를 포기했다.

전체 인원이 크게 고작 스무 명 남짓한 어느 회사에서는 두 패로 나뉘어 치르는 소리 없는 전쟁 중이었고 난 입사와 동시에 의사와 상관없이 참전하게 되었다. 그 인원으로 전쟁이라니, 그것만도 웃지 못할 일이기는 하다. 하지만 더 어이없었던 건 선봉에 있던 한 팀장 덕분에 근무하며 한 마디도 못 섞어본 동료도 있었다는 거다. 자기 팀원과 한마디라도 할라치면 어디서 나타난 것인지 "저랑 이야기하세요." 하며 금세 데리고 사라졌다. 인사담당자가 구성원과 말을 하지 않는 것이 말이 되는 일인가? 다른 이유도 있었지만 결국 넉 달 만에 손을 들고 나올 수밖에 없었다.

20년간 만나온 그와 그녀들의 이야기를 풀자면 2박 3일을 꼬박 새워도 부족하다. 멘탈이 종이로 만든 듯 약해빠진 나는 그들이 휘두를 때마다 이리 흔들리고 저리 흔들렸다. 입술을 꽉 깨물며 눈물을 참다가 집에 돌아가는 차 안에서 혼자 엉엉 울었다. 집에서 혼자 맥주 한 캔, 치킨 몇 조각에 얼큰하게 취해 큰소리로 노래를 부르기도 했다. 물론 그 해결책들은 썩 신통치 않고 그럴 때면 병원의 도움을 받기도 했다.

다행히 열 명 정도가 함께 근무하는 지금의 회사에는 그런 '분'은 없다. 가끔 또 심각하게 고민한다. '없다면 혹시 그게 나인가?' 그렇다면 여러분, 다시 한번 진심으로 미안하다. 내가 나이만 먹었지 철딱서니가 없다. 내가 눈치챌 수 있게 눈으로 욕을 해도 좋다. 대신 진짜 들리게 하는 건 곤란하다.

어쨌거나 이제는 그들이 던지는 돌에 대한 타격감이 줄어든 것도 사실이다. 아마 다양한 유형들을 두루 경험하며 맷집을 키운 덕분이다. 이제는 연차가 쌓이고 나이가 드니 그들에게 나눠줄 에너지가 많지 않은 것도 한몫한다.

"내가 뒤끝은 없잖아."라고 말하는 당신, 그 뒤끝이 나에게 남더라. 부디 생각 없이 던진 말 한마디가 누군가의 피를 말릴 수도 있다는 것, 잊지 맙시다!

2

사람과 커피 한 잔의 위로

직장인에게 '차(tea)'란 단순히 마시는 것 외의 많은 의미가 있다. 직장인이 되기 전 나는 커피라고는 달달한 인스턴트커피는커녕 쌉싸래한 원두커피도 마실 줄 모르던 사람이었다. 20년의 직장생활은 나를 아메리카노 하루 석 잔쯤은 거뜬히 마시는 도시 직장인으로 만들어 놓았다. 물론 그 '도시 직장인'은 다른 사람들과 보조를 맞출 뿐 여전히 커피 맛은 모른다.

어리바리 신입사원 때는 사주는 커피를 맛도 모르고 열심히 마셨다. 꼬맹이 시절 나를 보듬어 준 선배, 팀장님들처럼 나도 그러고 싶었다. 내 팀원이든 다른 팀의 팀원이든 나를 편하게 대해주면 좋겠다 싶었지만, 그게 그리 쉽지 않다. 연차가 쌓이고 조직 내 어른이 될수록 주니어 입장에서는 적당한 거리를 유지해 주면 고맙다. 처음엔 내 마음을 너무 몰라주는 것 같아 쓸쓸하기도 하고 서운하기도 했다. 하지만 마음은 꼭 꼭 감추고 '언젠가 필요하면 찾아주겠지.' 하는 마음으로 기다린다. 내가 필요할 때가 한 번쯤은 있지 않을까? 아닌 게 아니라 가끔은 진짜 나를 찾기도 한다.

"팀장님, 저 차 한 잔 사주세요."

분명 기다리던 말인데 느낌이 싸하다. 저 '차 한 잔'은 면담 요청의 다른 말이다.

"그래! 그러자. 근데 나 긴장해야 하는 거 아니지?"라고 웃으며 넘겼지만, 팀원의 면담 요청은 언제나 식은땀이 난다. '무슨 일이 있는 걸까? 혹시 그만둔다고 하면 어쩌지?' 좋으면서 걱정되는 이 마음은 대체 무엇일까?

연차가 쌓이고 나이를 먹어갈수록 내가 사는 커피에는 들어야 할 이야기가 부록으로 따라온다. 아니, 들어야 할 이야기에 커피가 핑계로 따라온다는 것이 맞겠다. 보통은 반가운 이야기보다는 어려운 얘기들이 많다. 그만두겠다는 이야기나 집에 일이 있다는 이야기도 있고, 어떤 동료와 갈등을 말할 때도 있다. 일을 잘하고 싶은데 마음처럼 잘 안돼서 속상하다는 이야기도 한다. 듣다 보면 짠한 마음도 들고 화가 나기도 한다. 도와줄 수 있는 건 그렇게 하면 되는데 그럴 수 없을 때는 나도 당사자만큼이나 속이 상한다. 하지만 대부분은 답이 자신에게 있다는 걸 알고 온다. 이야기를 나누다가 스스로 해결방법을 찾기도 하고 털어놓는 것만으로 나아지기도 한다. 그저 들어준 것밖에 내가 한 일은 없다. 나역시 혼자 해결되지 않을 때는 누군가에게 털어놓다가 해결되거나 스스로 답을 찾기도 한다.

나에게 오후 4시의 티타임은 다른 사람과의 마음을 나누는 시간이다. 소중한 나의 동료와 시답잖은 이야기들을 나누며 지친 마음을 회복하고 나를 찾는 누군가와 마음을 달래기도 한다. 또 가끔은 아무 말 없이 커피를 사이에 두고 같이 앉아 있는 것만으로도 큰 위로를 받는다. 직장에 그런 동료가 있다는 건 더할 수 없이 분명 큰 복이다. 요즘 직장에서 일부러 혼자만의 시간을 보내는 사람들이 늘어난다는 이야기를 들은 적이 있다. 식사도 혼자 하고 업무 외의 이야기는 나누지 않으며 업무 외의 관계는 맺지 않는다고 하던가. 얼마나 사는 게 팍팍하면 종일 함께하는 동료와 나눌 정도의 여유도 없을까? 그럴 수밖에 없는 현실이 이해는 가지만 참 안타깝다.

직장은 나의 일상에서 가장 오랜 시간을 보내는 장소가 아닌가. 가끔은 그 망망대해 같은 직장에서 인생의 귀인을 만나기도 한다. 직장생활에서 내게 남은 가장 큰 재산은 13년 전에, 또 10년 전에 회사에서 만난 친구들이다. 또 지금 나의 대표님은 24년 전 회사에서 선배로 만나 여러 회사에서 나의 선배였고, 팀장이었고, 실장이었다. 처음 그들은 일로 만났지만, 이제는 내 인생에서 손으로 꼽을 만큼 소중한 일부가 되었다.

어른을 위한 그림 동화책, 찰리 맥커시의 『소년과 두더지와 여우와 말』에서 주인공들은 이런 대화를 나눈다.

"마음이 상처받았을 땐 어떻게 하지?"

소년이 물었습니다.

"그럴 땐 우정으로 그 상처를 감싸 안아. 상처받은 마음이 희망을 되찾고 행복해질 때까지 눈물과 시간을 함께 나눠."

지난 20년간 사람들과 어울리며 사회생활을 해도 가장 어려운 것은 늘 사람이었다. 일이야 답이 있지만, 사람에는 답이 없다. 이유 없이 나를 미워하는 사람도 있고 대가 없이 나에게 너그러운 사람도 있다. 어디에 장단을 맞춰야 할지 감을 잡을 수가 없다. 그래도 '짬바'가 쌓이다 보니 안 되는 관계에 공을 덜 들일 수 있는 정도는 되었다. 여전히 아주 자연스럽고 익숙하지는 않다. '그럼에도 불구하고' 나는 사람의 힘을 믿는다. 직장인으로서의 20년 동안 '사람 구실' 하도록 나를 키운 절반 이상이 '돌아이들'이었다면 내가 단단한 어른으로 살아가도록 살찌우고 돌본 것, 역시 나의 소중한 사람들이다.

지치고 힘든 하루 중 오후 4시쯤 동료가 건네는 한마디.

"커피 한잔할까?"로 시작해 도란도란 나누는 20~30분의 대화는 쌓인 하루의 피로를 한 방에 날려주는 특효약이다.

지금 내 옆에서 함께하는 동료들은 하루를 살아가는 힘이 되고 피로를 버티는 원동력이 된다. 주말이 지나고 출근하면 동료들에게 인사를 건네봐야겠다.

"커피 한잔할까?"

3

알잘딱깔센 같은 소리 하네

'알잘딱깔센'이라는 단어가 한창 쓰일 때가 있었다. 신조어가 워낙 많이 생겨나고 또 사라지다 보니 꽤 오래된 단어 같기도 하다.

'알아서, 잘, 딱, 깔끔하고, 센스 있게.'의 줄임말이지만 내 생각에는 '답정녀'의 다른 말이다. "그런 거 있잖아. 화려하지만 심플하고, 우아하지만 촌스럽지 않은 그런 거. 말 안 해도 알지?"

이게 무슨 따뜻한 아이스아메리카노 같은 이야기인가. 다시 말해 "내가 개떡같이 이야기해도 찰떡같이 알아들으라."라는 얘기다. 직장에서 이런 상황은 자주 생긴다. 정확하게 얘기해 줄 수는 없지만 설명할 수 없는 내 마음의 소리를 읽어달라는 이야기. 어차피 답은 당신 안에 있는데 그걸 알아내느라 머리에 쥐가 나는 건 나다. 그 답을 못 맞히면 그 책임도 나한테 있다.

　젠장! 내 마음도 모르겠는데 남의 마음은 도대체 어찌 안단 말인가? 하지만, 그 어려운 걸 해내야 한다. 다른 사람도 아닌 바로 내가! 거기까지가 내 월급에 포함되어 있다. 역시 먹고 사는 일은 녹록지 않다. 이럴 줄 알았으면 수학 공부를 좀 열심히 할 걸 그랬다. 나는 답이 정해진 일이 딱 맞는데 그때는 그걸 몰랐다. 30년 전 '수포자'가 이제 와 할 말은 아니지만 그랬다면 내가 하는 일이 달라졌을까. 어쨌거나 내 일에는 답은 있지만 '운용의 묘'가 필요하고 화자의 감춰진 맥락을 읽어내는 독심술도 필요하다. 물론 당신이 하는 그 일도 그렇다.

　나도 '잘'하고 싶은데 그 '잘'이 어디까지인지 알 수가 없다. 내 딴엔 잘한다고 했는데 결과에 대한 피드백이 흡족하지 못한 경우가 생기면 그야말로 '멘붕'이다. 나는 왜 미처 생각하지 못했을까? 나는 '똥멍충이'인가. 요즘 'Chat GPT'가 이력서도 자기소개서도 제안서도 쓴다던데, '회사어'도 번역해주면 좋겠다. 아무래도 내가 '똥멍충이'에서 벗어나는 것보다 AI 번역 기술의 발전이 훨씬 빠를 것 같다.

"헤이, 미스터 챗! 그분 말씀 좀 번역해 줘."

도대체 '알잘딱깔센' 누가 만든 단어인지 기가 막히게 잘 표현했지만, 당하는 입장에서는 들을수록 헛웃음이 난다. 그리고 이건 직장인이라면 모두 같은 고민인가 보다.

"자니?"

잠이 얼핏 들었는데 자정을 훌쩍 넘긴 때 카카오톡 알림이 울린다. 기대했겠지만 안타깝게도 헤어진 '전 남친'은 아니다. 퇴근하고도 열불이 터져 차마 잠들지 못하고 울분을 토하고 싶은 절친이다. 그녀의 처연한 질문에 "안 자니!"로 답하고 "자! 내 얘기를 들어봐."로 시작한 통화는 두 시간을 꼬박 채우고 끝이 났다.

이야기는 이랬다. 회사에서 자꾸만 화가 난다는 것이다. 다들 모르는 척하는 건지, 진짜 모르는 건지 남의 다리를 긁고 있다고 한다. 자꾸 나만 일하는 것 같고 어느새 모두의 일은 나의 일이 되어 정작 내 일은 못하고 있다고 한다. 상사는 명확하게 지시도 답도 없고 결정은 너희들이 하라며 책임도 미루고 있다고 한다. 왜 다들 일을 이렇게 하는지 모르겠단다. 그리고 자기는 또 왜 이러는지 모르겠단다. 말과 다르게 그녀는 이미 답을 알고 있다. 이게 다 '알잘딱깔센'이다. 그들은 누군가의 '알잘딱깔센'을 기대하며 다른 사람들을 가스라이팅 하고 있다. 이걸 못 참으면 결국 내가 그 일을 다 하게 될 것이다. 그들의 일은 그들이 하게 두고, 난 내 일이나 잘하면 된다. 내 월급만 받으면서 그들의 일까지 할 이유가 전혀 없다. 알아서 착착해 내면 좋지만 내게 그만큼 기대하지 않는데, 굳이 할 필요가 없다. 그래서 얘기해줬다.

"그러네. 네가 잘못했네. 친구야 잘 들어봐. 넌 그렇게 착한 애도 아니잖니? 왜 자꾸 착한 척하면서 남의 일까지 해? 세상 '츤데레'가 따로 없구먼?"

"맞아. 난 착하지 않아. 이기적이지. 내가 잘못했네."

"넌 화낼 이유가 전혀 없어. 네가 어떻게 해도 욕은 먹게 되어 있거든. 잘해도 욕을 먹을 거고, 못해도 욕먹을 거야. 네가 그 일을 해도 욕을 먹을 거고 하지 않아도 먹을 거야. 어차피 먹을 욕이라면 그냥 너 하고 싶은 대로 해. 그 사람들 마음 따위 살피지 말라고."

"맞네. 그러네."

"너 없어도 회사 돌아가. 아니, 네가 그 일을 다 한다고 회사도, 네가 일 대신 해주는 그들도 절대 고마워하지 않아. 네가 아니면 그들은 다른 사람을 찾거나 직접 하겠지. 그러니까 화내지 말고 내일부터는 너의 일을 하렴. 그리고 또 울분이 터지려고 하거든 내게 전화해. 이 얘기 내가 백 번이라도 얘기해줄게."

"와! 너한테 그 잔소리를 두 번 듣는다고 생각하니까 아찔하다. 내가 하고 싶은 대로 하는 것보다 너한테 그 얘기를 백 번 들어야 하는 게 더 동기부여가 돼. 너한테 그 얘기 안 듣게 내가 잘해볼게."

그녀는 원래 똑소리 나기로 소문난 친구다. 내가 그녀에게 해준 그 이야기는 내가 힘들어할 때마다 그녀가 내게 마르고 닳도록 하던 이야기다. 그저 자기 일이 되니 갈피를 잃었을 뿐이다. 누구나 내 일이 되면 객관성을 잃는다. 남에게는 그렇게 현명하게 조언을 해주다가도 내 일이 되면 정신이 혼미해지며 자꾸 화가 난다. 나도 그렇다. 나에게 일이 생기면 내가 친구에게 해줬던 이야기 같은 건 기억나지 않을 거다. 왜 세상은 나에게만 이렇게 못되게 구는지. 왜 나는 바보 멍청이같이 이걸 다 견디고 있는지 억울해서 잠도 못 잘 거다. 혼자 몇 날 며칠을 씩씩대다가 한밤중에 친구에게 메시지를 보내겠지.

"자니?"

하루를 시작할 때 내 마음을 리부팅할 필요가 있다. 어제 혹은 오전이나 오후의 일 때문에 나를 괴롭히지 말자. 남들에게 영향을 받을 수는 있지만, 그 때문에 나의 기분과 하루를 망치지는 말자. 저 사람의 원하는 바를 다 맞춰서 해야겠다는 욕심 따위는 버리자. 나 아니면 안 된다는 마음이 들더라도 참자. 애초에 그런 일은 없고 그 일을 할 사람이 하나밖에 없는 일이 있다면 그게 잘못된 거다. 그 일에 대한 책임감은 느끼되, 거기에 잠식되지는 말자. 누군가의 기대치를 채우지 못했다고 속상해하지도 말자.

애초 '알잘딱깔센' 같은 건 세상엔 없는 신기루다. 내가 잘 풀었다고 생각한 그 '알잘딱깔센'이 정답이 아닐 수 있으니까. 그 문제의 답은 그 문제를 낸 사람만 안다. '알잘딱깔센' 하려다 터져 나는 속은 내 몫이다.

그냥 내 마음이나 제대로 읽고, 내 일이나 잘하고 살자.

"알잘딱깔센! 알지?"

내 월급 누가 가져갔어?

고백하자면 나는 도깨비와 살고 있다. 내가 도깨비 부인이고 그 도깨비가 드라마 〈도깨비〉 속 '공유'라면 행복했겠지만 안타깝게도 나의 도깨비는 그가 아니다. 한 번도 정체를 드러낸 적 없는 그 도깨비는 옷장과 내 통장에 산다. 그 도깨비는 옷장에서는 흰색 티셔츠와 민소매, 양말을 숨기고 통장에서는 내 월급을 훔친다. 그러지 않고서야 내 티셔츠들과 월급이 이렇게 사라질 수 없다. 가만있자. 내내 잘 입던 원피스가 없어졌던데…. 이 도깨비 녀석, 이제 티셔츠만으로는 만족이 안 되는 모양이다.

얼마 전 회사에서 동료들과 대화 중에 '월급은 '카후'가 진짜'라는 이야기를 들었다. 월급에서 카드 값이 빠져나가고 난 후에 남은 금액이 진짜 월급이라는 의미로 요즘 하는 말이라고 한다. 신용카드를 일상적으로 사용하다 보니 막상 월급을 받아도 카드 대금 결제가 끝나면 잔액이 별로 없는 경우를 빗대어서 하는 이야기다. 듣자마자 웃음이 났다.

'아하! 그 도깨비는 내 통장에만 사는 건 아니었구나.'

늘 궁금했다. 쓴 게 별로 없는데 내 월급은 어디로 간 걸까. 도대체 월급을 모아 재테크를 하는 사람들은 어떻게 하는 걸까. 종잣돈이 중요하다던데 그건 어떻게 만들고 눈사람처럼 굴리는 걸까. 차곡차곡 모아 차를 사고 집을 사고 다들 잘만 하던데 그 통장에는 도깨비가 없는 걸까.

물론 나는 답을 알고 있다. 옷장 속 도깨비는 몰라도 월급통장 속 도깨비의 정체는 신용카드다. 철모르는 어린 시절엔 그 카드로 잘 먹고 잘 놀았다. 오늘 긁는 카드값이 내일의 내가 짊어져야 할 짐인지도 모르고 펑펑 썼다. 넘치는 화수분인 양 옷과 가방을 사고 남들한테 한턱 팍팍 내면서 주변에 선심도 썼다. 그리고 그렇게 열심히 긁어 댄 카드가 도깨비가 되어 내 월급을 야금야금 훔쳐 갔다.

어릴 때야 그렇다 치고 나이 먹은 지금은 정신을 차린 거 같은데 지금은 어떻게 된 거지. 잘 먹고 잘 놀지도 않았는데…. 진짜 쓴 게 없는데 이번 달 내 월급 어디로 간 걸까? 유난히 숫자에 약하면서 또 계산기를 두들긴다.

"이건 또 뭐야? 내가 48,000원을 쓴 적이 없는데…. 5월 15일? 어디다 쓴 거지?"

아껴 쓴다고 쓴 것 같은데 억울하다. 카드 명세서와 결제 문자, 쇼핑몰들을 이리저리 샅샅이 살펴본다. 이리 맞춰보고 또 맞춰보고…. 젠장! 난 안 썼는데 다 내가 썼구나. 몽유병도 아니고 대체 언제 쓴 것이냐. 좀 더 아껴 쓰지 못하고 쉽게 카드를 내민 지난달의 내가 원망스럽다. 카드 결제일을 앞둔 나는 새삼 신중하고 겸손해진다. 그리고 차분하게 다음 달의 예산을 세운다.

'이번 달엔 계획에 없던 비용이 들어갔으니까 다음 달엔 좀 낫겠지?'

이번엔 계획을 위해 엑셀의 힘도 빌린다. 목록과 비용을 정리하고 합계를 내보니 웬걸. 이번 달과 다름이 없다. 게다가 자동차보험 만기가 다음 달이다. 이건 무슨 법칙인가? 이번 달에 목돈이 들어가서 다음 달에는 좀 아끼겠다 싶으면 예상치 못했던 딱 그만큼의 쓸 데가 생긴다. 이번 달에 세금을 내느라 큰돈을 쓰면, 다음 달엔 자동차보험을 갱신해야 한다. 들을지 말지 고민하던 그 수업도 하필 다음 달 오픈이란다. 어쩜 이렇게 차례를 지켜 찾아올까. 번호표라도 뽑고 있는 걸까. 너희들은 참 사이도 좋다. 내 돈 쓰면서 나만 '쏙' 빼놓고. 이것도 도깨비짓인가. 옛말에 "누울 자리를 보고 다리를 뻗는다."라고 하더니 요 녀석들이 딱 그 짝이다. 그나마 한 번에 몰려오지 않는 게 다행이다. 고맙다. 애들아. 어!! 그러고 보니 자동차세도 이번 달 말까지인 것 같던데….

어차피 나갈 돈이 줄지어 기다리고 있다면 고정비에서 최대한 줄이는 수밖에 없겠다. 예를 들면 먹는 거라던가, 식비라던가, 외식비라던가…, 그렇다. 내 카드 값의 절반 이상은 식비다. 나는 궁금한 게 많아서 먹고 싶은 것도 많은, 곧 오십짤이다. 오늘은 철딱서니 대신 나이만 야금야금 먹는 나와 다음 달의 나에게 무겁고 무섭게 경고해야겠다.

"덮어놓고 쓰다 보면 거지꼴을 못 면할 거야. 작작 좀 먹어라. 작작!"

하지만 이런 어마어마한 경고에도 불구하고 다음 달의 나는 또 결제대금 명세서를 보며 계산기를 두들기겠지. 엄마의 잔소리가 귀에 맴돈다.

"이렇게 말 안 들어서 나중에 뭐가 될래?"

그렇다면 별수 없지. 일단 눈 꼭 감고 일터로 나아가는 수밖에. 오늘도 출근길 현관을 나서며 주먹을 불끈 쥔다.

"나에게는 빚이 있다. 나아가자, 일터로."

5

미움받을 용기

　옛날에 동그라미들의 마을이 있었다. 동그라미들만 둥글둥글 잘 살아 가던 어느 날, 마을로 네모가 이사 왔다. 네모는 동그라미들과 잘 지내고 싶었다. 뾰족한 모서리를 가진 자기와는 달리 유려한 곡선으로 만들어진 예쁜 동그라미들이 멋져 보였다. 이사 떡도 돌리고, 눈을 마주치면 인사도 했다. 네모는 이웃들과 친해지려 애썼지만, 동그라미들은 좀처럼 곁을 주지 않았다. 네모를 보고 수군거리거나 못 본 척 지나칠 뿐이었다. 동그라미 마을에서 살고 싶었던 네모는 몹시 슬펐다. 결국, 네모는 뾰족한 모서리를 깎고, 깎고, 또 깎아 스스로 동그라미를 만들었다. 네모는 이제 동그라미가 되었다. 하지만 네모가 동그라미 모양이 된 후에도 동그라미들은 여전히 가까워지지 않았고 네모는 더는 네모가 아닌

자기 모습을 보며 슬픔에 잠겼다.

　여기 완벽하게 평범하고 무난한 사람이 있다. 바로 나다. 흔한 얼굴에 보통 키와 체격, 예민하지만 친해지기 전까지는 티 나지 않는 무난한 성격을 가진 사람. 겉으로 보기엔 따뜻하고 친절한 말투와 표정, 제스처. 그리고 맡겨진 일은 적당히 하지만 또 아주 뛰어나진 않은 실력까지 갖췄다.

　나는 사랑받고 싶은 욕망이 넘치지만 앞으로 나서기엔 너무 열등감 덩어리인 내 모습을 애써 감추고 싶었다. MZ들이 가고 싶은 회사 중 하나에 다닐 때 일이다. 그 회사에는 좋은 학교 출신, 사랑받고 자란 티가 나는 여유 있고, 꼬인 데도 없고 실력도 갖춘 동료들이 넘쳐났다. 어쩜 그렇게 말 한마디를 해도 세련미 넘치는지 나는 그들을 따라갈 수가 없었다. 나는 그들이 부러웠고 그들과 잘 어울리고 싶었다. 그야말로 동그라미 세상 속 '네모'가 따로 없다.

　그때는 나만 빼고 주위 모든 사람이 다 더럽게 멋져 보였다. 부럽지만 티 내기엔 자존심이 상한다. 여러모로 '모지리'임을 인증하면서도 들키기는 싫으니까 티 나지 않게 있는 척이라도 하자. 그 어느 것으로도 그들보다 나을 게 없다고 생각한 나는 겉모습이라도 초라해 보이지 않으려 꽤 신경 썼다. 예쁜 옷을 골라 입고 매일 메이크업도 꼼꼼하게 하고 좋은 가방을 들고 액세서리까지 완벽하게 걸쳤다. 그때는 맨얼굴에 운동화를 신고 출근했던 날이 손으로 꼽을 수도 있다. 열심히 방긋방긋 웃으며 친절하게 굴었다. 자존감 없고 열등감 넘치는 나를 감추고, 멋져 보이는 그들 사이에서 멋진 척이라도 해서 어울리고 싶었다.

그중에는 내가 마음에 들지 않는 사람들도 있었다. 그들은 한눈에도 알아볼 수 있었다. 부러움인지, 빈정거림인지 "취미 삼아 일하러 나온 거 아니냐."며 애매하게 상처를 주기도 했다. 혹시 내가 알아채지 못할까 봐 싫다는 표현을 참 부지런히 한 사람도 있다. 세상에 취미로, 사회적 지위와 체면 때문에 20년이나 꾸역꾸역 지지고 볶으며 일하는 사람이 어디 있을까. 무엇보다 내겐 지켜야 할 지위나 체면 따윈 없다. 그저 먹고 살 걱정 하나뿐이다.

"모난 돌이 정 맞는다."라는 속담이 있다. 성격이든 능력이든 무리에서 튀면 미움받기 좋다는 의미이다. 유난히 예민한 나는 누군가가 나를 미워한다는 생각이 들면 거기에 꽂혀 모두에게 미움받고 있다고 믿어버렸다. 지금이야 내가 뭘 해도 싫어하는 사람이 있다는 걸 알지만 그때는 작은 하나를 세상 전부인 것처럼 받아들이고 힘들어했다. 그때 나는 내가 '모난 돌인가? 그래서 정을 맞나?' 생각했다.

시시때때로 억울한 마음도 들었다. 왜 하필 나일까. 내가 좀 예민하기는 하지만, 밖에서는 대놓고 티를 내는 것도 아니고 나처럼 만만한 사람이 어디 있다고. '모지리'인 거 들키지 않으려고 부린 허세가 문제인가? 나는 허세지만 진짜 잘나고 많이 가진 사람들이 얼마나 많은데 왜 나한테만 이러는 걸까? 아니면 너무 만만한 게 문제였을까? 그렇다고 "아유! 그런 거 아니에요."라고 해명하며 잘 지내는 건 하고 싶지 않았다. 대신 말을 줄이고 관계 맺는 범위를 좁히고 적당히 잘 웃으며 친절하고, 따뜻하게 굴었다. 좀 억울했지만, 정을 맞아도 그대로 오해하게 두는 것도 나쁘지 않겠다 싶었다. 그때는 굳이 솔직하게 굴어서 흠 잡힐 거리를 주는 것 같은 못난 생각을 했다. 내가 보는 나는 알면 알수록, 가까워지면 가까워질수록 실망할 거리가 많은 못난이였으니까.

그러나 그때의 내가 맞은 것은 '모난 돌의 정'이 아니었다. 세상엔 내가 어떻게 해도 나를 좋아하는 사람도 있고 아무것도 하지 않아도 나를 싫어하는 사람이 있을 뿐이다. 그런 사람들은 어디에나, 누구에게나 있다. 나는 나를 이유도 없이 싫어하는 몇몇 사람에게 정을 들려주고 스스로 모난 돌이 되었다. 그리고 피해자가 되어 자꾸 숨었다. 나를 싫어하는 그들은 내가 솔직하거나 멋지게 포장해도 나를 좋아하지는 않았을 텐데. 그 한두 사람 때문에 모두와의 관계에 솔직하지 못했다. 모자란 나를 감추겠다는 어리석은 생각이 나를 점점 외롭게 만들었다. 나만 괜찮다면 네모가 되어도 괜찮은데 그때 나는 내가 괜찮지 않아서 힘이 들었다.

사람은 누구나 다르다. 나를 어딘가에 꼭 맞추지 않아도 된다. 조금 부족한 나를 그대로 보여도 누군가는 나를 미워하고 또 다른 누군가는 나를 좋아한다. 누군가에게 미움받더라도 그게 전부는 아니다. 스무 살이 되면 성인이 되는 것처럼 나는 직장생활을 20년이나 하고서야 어른이 되어 깨달음을 얻는다. 이제라도 깨달았으니 얼마나 다행인가. 직장생활을 마감할 때까지 몰랐으면…. 아우! 상상만으로도 끔찍하다.

누가 나를 미워하더라도 가끔은 외롭더라도 나를 감추거나 숨지 말자. 지금 나는 모난 돌이거나 정을 맞는 게 아니다. 누구에게나 있는 나를 미워하는 그 한 사람을 만났을 뿐이다. 애초에 모두가 나를 좋아할 수는 없다. 만일, 그들 때문에 너무 힘이 들 땐, 이렇게 한 마디 던져주고 이유도 없이 나를 사랑해 주는 사람들을 만나러 가자.

"그러시든가!"

6

캔디보다 명랑하고 기특하게

장
우당탕탕! 하루살이 직장 생존기

"외로워도 슬퍼도 나는 안 울어."

〈들장미 소녀 캔디〉를 아십니까? 고아 소녀 '캔디'가 귀족 가문에 입양이 되는 일본의 유명한 애니메이션이다. 책을 읽고 있는 당신과 내가 어린 시절 TV에서 즐겨봤던 그 만화영화다. 너무 오랜 이야기라 스토리가 모두 기억나지는 않지만 '캔디'는 명랑했고 용감했고 씩씩했다. 혼자인데도 당당한 그녀가 기특했고, '이라이자' 남매의 미움과 괴롭힘을 당하면서도 꿋꿋한 모습이 멋있었다. 외로워도 슬퍼도 울지 않아 기특한 '캔디'와 다르게 나는 울보다. TV 드라마를 보다가도, 다큐멘터리를 보다가도 운다. 책이나 노래를 읽고 듣다가는 물론이고 예능을 보다가도 눈물

샘이 터진다. 슬플 땐 당연하고 좋을 때나 짜증 날 때도 마찬가지다. 감수성이 예민한 거라 포장은 하지 않겠다. '캔디'는 어렸을 때부터 당당했지만 나는 이 나이가 되도록 변함이 없다. 40대 후반이 되면서 이제야 어릴 때보다 화날 일도 슬플 일도 줄어서 덜 하긴 하지만 여전히 나는 그냥 울보 그 자체다.

가끔 TV에서 부모님이 돌아가시는 장면이라도 나오면 그야말로 나의 '눈물 버튼'이다. 그럴 때면 애먼 엄마에게 전화해 "엄마 죽지 마." 하며 대성통곡을 한다. 처음엔 무슨 일인가 당황하던 엄마도 이젠 "넌 왜 자꾸 멀쩡한 나를 죽이냐?"며 깔깔대며 놀린다. 그런 내가 직장에서라고 달랐을까. 몇 년 전까지도 나는 씩씩하고 강한 척, 아무렇지 않은 척하면서 사람들 앞에선 견디고 참았다. 그리고는 차 안이나 회사 화장실처럼 아무도 없는 나만의 공간을 찾아다니며 울었다.

아는 것 하나 없이 해맑기만 하던 신입 시절엔 허구한 날 해대는 실수에 야단을 맞으면 서러워 울었다. 하면 할수록 만만치 않은 일에 치여

살던 30대 초반엔 모자란 내 모습에 짜증이 나서 혼자 숨어 많이 울었다. 30대 후반엔 우울증 때문에 눈물 바람 숱하게 하긴 했지만 이제 더는 울지 않는다. 생각해 보자. 낼모레 50살인 어른이 한소리 들었다고, 일 풀리지 않는다고 우는 꼬락서니라니. 참 가관이지 않은가?

여기저기 다니며 소문낼 것까지야 없어도 힘들면 힘들다고 주위 사람에게라도 털어놓았으면 좋았을 텐데 나는 그러지 않았다. 말하지 않아도 가족이나 친구들이 전혀 모르지 않았을 텐데 입버릇처럼 "난 괜찮아." 하다가 툭 터져버렸다. 내가 약해지는 순간을 보이면 주위 사람들에게까지 버림받을까 두려웠다.

일 때문에 힘들 땐 일 못 하는 사람으로 낙인찍힐까 봐 겁이 나서 말도 못하고 끙끙댔다. 혼자 싸매고 있다가 결국 도움받게 될 것을 모른다고 말하는 게 그땐 왜 그리 어려웠을까. 꼬장꼬장하기까지 한, 타고난 울보는 우습게 보이지 않으려 외로워도 슬퍼도 절대 울지 않는 척했다. 주변에 도움을 청하면 도와줄 사람도 많았는데 제 꾀에 제가 넘어간 꼴이다. 돌아 돌아가느라 두 배. 아니, 백배는 힘들었다. 시간도 백배는 걸렸다.

일에서도 사람들과의 사이에서도 내가 솔직하지 못한 덕에 끝없이 외롭고 힘들었다. 결국, 솔직함이 답이었다. 어차피 내가 애를 써도 모두를 백 퍼센트 만족시킬 수는 없다. 혼자 상처 입고 좌절할 수는 없다.

"참고, 참고 또 참지, 울긴 왜 울어.", '캔디' 주제곡의 다음 가사다. 그동안 '캔디'의 이 가사를 생각하며 얼마나 눈물을 삼켰는지 모른다. "어린 '캔디'도 참는데 이제 넌 어른이잖아."라며 얼마나 혼자 '끅끅'댔던가. 하지만, 이제 그러지 않으려고 한다. 내가 참아봐야 아무도 모른다. 울고 싶으면 울고 힘들면 힘들다고 하자. 위로가 필요하면 위로를 얻어보자. 내 옆의 사람은 내가 손 내밀기를 기다리고 있다. '캔디'도 울었을 것이고 그때마다 사람에게 위로받았을 것이다.

사람에게 위로받을 수 없더라도 나의 회복 탄력성을 믿어보자. 나는 그럴만한 가치가 있다. 세상이 무너질 만큼 큰일은 없다. 나는 이제 힘이 들 땐 눈물을 참는 대신 나를 안아준다. 그리고 오늘 내가 잘한 일을 찾아 칭찬 일기를 쓴다. 처음엔 나를 칭찬하는 게 어색해서 손발이 오그라들었다. 하지만 꾸준히 쓰다 보니 이제는 덜 어색하다. 나를 칭찬할 일은 생각보다 많고 직접 쓰기까지 하면 집밥 먹은 것처럼 꽤 든든해진다. 어떻게 해야 할지 모르겠다면 이렇게 써보자.

"괜찮아. 잘하고 있어."

"잘했어. 굿잡이야."

"훌륭하고 기특해."

"오! 아주 다 컸어."

"녀석! 못하는 게 하나도 없어."

"역시 너, 멋지구나?"

"그런 건 너밖에 못 할걸?"

오늘 하루도 명랑하게 잘 살아낸 기특한 나, 오늘 일기엔 무슨 칭찬을 해줄까?

7

생계형 직장인

직장은 생계다. 직장인 대부분은 그럴 것이다. 나 역시 그렇다. 직장생활을 처음 시작한 이후로 한 번도 그렇지 않은 적이 없었다. 어리고 뭘 모르던, 철없던 시절에는 먹고 살기 팍팍한 티를 내고 싶지 않았다.

30대의 나는 생계보다 나의 가치와 인정이 중요하다고 열심히 말하고 다녔다. 나의 가치를 인정받는 게 어떤 것인지도 모르면서 얼마나 당당했던가. 돈을 밝히는 속물처럼 보이고 싶지 않아 허세를 부릴 뿐 인정받는 법은 열심히 고민하지 않았다. 하지만 그때의 내가 미처 몰랐던 게 있다. 연봉이나 보너스만 돈은 아니다. 승진도, 평가도 모두 돈이고 생계에 직접적인 영향을 미치게 된다. 아닌 척하는 것이 세상 물정 모르는 철딱서니처럼 보일 줄은 생각하지 못했다. 예쁜 운동화 신은 친구가 부러워 나도 엄마가 사준 똑같은 운동화가 집에 있다고 거짓말하던 어린 시절에서 난 조금도 자라지 않았었나 보다.

　회사가 사정이 안 좋아서 많이 못 올려준다면서 "미안해. 괜찮지?"라고 할 때면 튀고 싶지 않아서 "괜찮다"고 했다. 나중에 나만 못 올려 받은 걸 알았을 때도 쿨하게 신경 쓰지 않는 척했다. 이직할 때는 우리 회사가 작아서 받던 연봉을 못 맞춰 준다고 해도 괜찮다며 나중에 더 생각해 달라 했다. 연봉 협상할 때면 네 덕분이라고 "고맙다."라면서도 정작 연봉은 그대로였지만 상황이 좋아지면 다시 얘기하자던 그 약속을 믿었다. 그사이 힘들었던 작은 회사는 대기업이 되었고 사정이 안 좋다던 그 회사는 나만 빼고 동료들 연봉이 일 년에 두 번씩 오르기도 했다.

　그래도 물색없던 나는 어떤 대접을 받아도 당연히 받아야 할 대우라고 생각했다. 묵묵히 기다리면 언젠가 알아줄 거라고 믿었다. 가끔 서운한 맘이 들어도 티 내지 않았다. 그저 먹고 살려고 버티면서도 연봉 한두 푼에 좌우되는 사람이 아닌 척하며 살았다. 열심히 살면 언젠간 남들과 비슷해지고 내가 이해해 준 것만큼 이해받을 거라고 믿었다. 내 생각은 틀렸다. 기다려도 상황은 달라지지 않았고 매번 이해해야 하는 건 나였다.

그렇게 어리숙하게 군 덕에 내 연봉만 10년째 제자리다. 30대엔 모르고 당했고 40대엔 사정 다 알면서 이기적으로 굴고 싶지 않아서 넘어갔다. 이렇게 실속 없는 직장인이 또 있을까. 지금 내 코가 석 자인데 누가 누굴 걱정한단 말인가. 먹고 살자고 다니는 회사인데 나만 제 몫을 못 챙긴다. 어리석고 순진했다. 친구들은 이번 평가가 나빠서 연봉이 많이 오르지 않았다고 불평하지만, 기여도는 인정한다면서도 올해 연봉도 그대로인 나로서는 그조차 부럽다. 원래 나보다 연봉이 높았던 친구들은 매해 더 오른 연봉으로 집이랑 차도 사고 주식도 샀다.

'10년 전에 좀 더 똑똑하게 굴걸.', '그때 그렇게 쓰지나 말걸.' 하는 후회만 남았지만 이제 와 무슨 소용인가. 한심하기 짝이 없지만 그렇다고 후회만 하고 있을 수는 없다. 시작은 늦었고 앞으로 갈 길은 더 멀다. 한 걸음이라도 움직여야 반걸음이라도 따라갈 수 있다. 20대의 한 걸음과

40대의 한 걸음은 다르다.

　어느 날 정신이 번뜩 들어 살펴보니 "나는 누구? 여긴 어디?" 하는 회의감이 밀려왔다. 생계를 위해 아등바등하는 나와 연봉에는 초연해 보이고 싶은 나. 그 사이의 괴리감을 감당하기 어려웠다. 그동안 나는 스스로 할 수 없을 것이라 믿었다. 내가 보는 나는 손톱만 한 능력도 없었다. 주변에는 훌륭한 사람들뿐이었고 부족한 나는 지금 받는 대우가 당연했다. 아니, 오히려 감사하게 생각할 때도 있었다.

　그런데 내가 정말 그렇게까지 대우받지 못해도 되는 인간인가. 처음으로 나를 찬찬히 들여다보았다. 실제의 나는 생각보다 단단했고 기대보다 할 수 있는 것이 많았다. 물론 당장 연봉이 오르거나 대우가 달라지진 않았다. 내가 할 수 있는 일에 집중하니 사는 것이 즐거워졌다. 하는 일은 꾸역꾸역 어쩔 수 없이 하던 어제와 같은 일이었다. 하지만 그 일을 하는 나는 훨씬 재미있었고 오늘보다 나아질 내일이 기대됐다. 생계를 위해 다니는 회사에서도 내 존재 이유를 찾을 수 있었고 스트레스에서도 좀 더 자유로워졌다.

내가 내 일을 잘 해낼 거라고 믿으니 직장과 동료를 대하는 내 생각과 태도도 가벼워졌다. 기대가 크면 실망하고 자꾸 본전이 생각나기 마련이다. 반대로 기대 없이 받으면 감사하고 못 받아도 상처가 되지 않는다. 원래 '기대'란 애정에서 시작된다. 나는 더는 상처 입지 않으려고 넘치던 애정을 줄였다.

직장생활이 적성에도 맞고 직장인이 꿈이긴 하지만 내게 직장생활은 무엇보다 생계유지가 목적이다. 아무리 센 척, 있는 척해봐도 직장인이 아닌 내가 뭘 먹고 살지 눈앞이 캄캄하다. 먹고 사는 문제가 해결되고 나야 다른 것들도 고민하는 여유도 생긴다. 철없던 시절을 지난 지금은 그런 쓸데없는 허세를 부리지 않는다. 남에게 우스워 보이지 않으려 애쓰느라 내가 지치지 않기 위해서다. 그렇게까지 애쓰지 않아도 내가 나를 우습게 보지 않으면 아무도 나를 우습게 보지 않는다는 것을 알았다. 그렇게 여전히 생계가 중요한 나는 아직 직장인으로 살고 있다.

직장은 내게 생계이고 현실은 답답함의 반복이지만 이제 자연스럽게 대처할 수 있다. 허세 부리지 않고 있는 그대로의 나를 인정하면서 솔직하게 대화한다. 그리고 타인의 부정적인 피드백도 비난이나 공격으로 받아들이지 않는다. 내가 자연스러워지니 아무도 나를 '취미로 직장생활을 하는 철딱서니 없는 동료'로 대하지 않는다.

윤홍균 원장의 『자존감 수업』에서는 이렇게 말했다.

"자존감은 '내가 내 마음에 얼마나 드는가.'에 대한 답이다. 그러기 위해선 타인의 평가가 아닌 '자신의 평가'에 집중해야 한다."

나 역시 직장생활의 목적은 변하지 않았지만, 전보다 즐겁고 편하다. 변한 것은 그 누구도, 그 무엇도 아닌 나다. 더는 누가 나를 알아봐 주기를 바라지 않는다. 칭찬을 받기 위해 종종거리던 것도 그만두었다. 나의 '인정'은 내가 하면 된다. 덮어놓고 긍정적이기만 하면 안 되겠지만 나를 좀 더 믿을 필요가 있다. 그냥 내가 할 수 있는 일을 하면 된다. 돈을 말하면 속물처럼 느껴지던 내 편견도 집어던졌다.

이제는 당당하게 말할 수 있다.

"저도 생계형 직장인입니다만!"

8

우울증과 친구 사이

느낌이 싸하다. 익숙하지만 반갑지 않은 손님이 오는 중인 것 같다. 안 와도 전혀 서운하지 않지만, 잊을만하면 꼭 한 번씩 찾아와 오래도록 버티는 그 손님은 우울증이다. 그래도 이번엔 부지불식간에 발을 들이기 전에 눈치를 먼저 챘다. 분명 나는 요즘 아주 바빴고 나름 재미있게 잘 지냈고, 마음의 불편함이 조금도 없었다. 오히려 앞날에 대한 약간의 기대와 설렘도 있었는데 이번 등장은 살짝 의외다. 왜인지 이유를 생각해 보자. 그동안 너무 숨 쉴 틈 없이 바쁘게 지냈나? 아니면 한참 휘몰아치다가 이제 아주 작은 여유가 생겼기 때문일까? 그도 아니면 이제 곧 또 바빠질 것 같아 심술이 났을까? 관계가 불안해진 누가 있었나? 어쨌든 알다가도 모를 그 손님은 내게 오는 중이다. 내 눈을 똑바로 보고, 버텨봐야 아무 소용없을 거란 듯 옅은 미소를 띠면서 거침없이 온다.

　요즘 직장인 중에는 우울증을 앓거나 상담을 받으러 다니는 경우가 꽤 있다고 한다. 내 주변만 해도 걱정 같은 건 전혀 없어 보이지만 주기적으로 상담을 받는다는 친구들이 여럿 있다. 나 역시 우울증을 꽤 오래 앓았다. 예민한 성격 탓인지 깊게 잠들지 못하는 편인데 우울증이 심할 때는 날을 꼬박 새우는 일이 허다했다. 기분이 좋은 것 같다가 이유 없이 급격하게 우울해졌고 한 번 우울감에 빠지면 끝을 모르고 나락으로 떨어지는 기분이었다. 온 세상에 나만 혼자인 것 같고 아무도 나를 이해하지 못할 것 같은 기분이 들었다. 그깟 이해 좀 받지 못하면 나라도 나를 감싸줄 수 있으면 좋을 텐데. 그러기에 내 자존감은 형편없었다. 회사에선 멀쩡한 척 '친절한 이과장'으로 살다가 집에만 오면 방전된 채 밤새 눈물을 훔쳤다. 어느 날엔가 출근길 운전 중에 문득 '이대로 사고가 나 고통 없이 바로 끝났으면 좋겠다.'라는 생각이 들었다. 병원에 가야겠다 결심했던 건 그때가 처음이었다. 이러다 큰일 나겠다 싶었던 나는 바로 병원을 검색했고 예약했다.

예약한 병원은 회사도, 집 근처도 아닌 애매한 위치에 있었다. 처음 가보는 신경정신과라 예약하는 것부터 신경이 많이 쓰였다. 환자가 많은 지 3주 뒤에나 진료할 수 있단다. 일부러 다소 외진 곳의 병원을 골랐는데 다들 나랑 같은 생각을 했나 보다. 위치나 원장님의 약력과 후기까지 꼼꼼하게 고른 병원이었다. 어쩌면 다른 병원 상황도 비슷할지 모르는데 이 수고를 또 경험할 만큼 에너지가 남아 있지 않았던 나는 기다리기로 했다.

첫 진료 날, 많은 검사를 했다. 문진표를 작성하는 데만 한 시간은 걸렸던 것 같다. 그리고 그 결과를 해석하는데 또 한 시간쯤 기다렸다. 결과표를 가지고 다시 진료. 무뚝뚝해 보이는 의사의 표정이 사뭇 심각하다. 이대로 무슨 일이 있어도 이상할 게 없는 상태란다. 내 상태가 이렇게나 심각하다니…. 그래서 그렇게 매일 나라 잃은 사람처럼 울었구나. 의사는 상담을 권했지만 나를 직면해야 하는 상황이 두려워 항우울제와 수면제를 처방받고 매주 진료를 받기로 했다.

이후로도 상태는 금세 나아지지 않았고 불면증은 점점 심해졌다. 수면제를 반 알에서 한 알로, 한 알에서 두 알로 점점 최대치까지 높였다. 하지만 겨우 잠들어도 2시간 단위로 깨기는 마찬가지였다. 진료를 받으며 잠들 수 없어 괴롭다고 얘기했지만, 더 이상의 수면제 투여는 어렵다며 단호하게 거절당했다. 그렇다면 별수 없지. 잠깐이라도 자는 게 어딘가?

우울증은 나아지는 것 같지 않았지만, 회사 동료들은 내 상태를 알 수 없었다. 매일 아침 메이크업에 공을 들이고 머리부터 발끝까지 한 점의 빈틈도 없이 잘 차려입었다. 불면증으로 잠을 못 자 까칠한 날에는 한껏 더 신경 썼다. 만나는 사람들에게는 미소를 가득 담아 따뜻한 인사를 건넸고 아무 일 없는 사람처럼 하루를 보냈다. 나는 여전히 '친절한 이과장'이었다. 이제 동료라기보다 자매 같은 가까운 지인조차도 이 얘기를 처음 했을 때 깜짝 놀랐을 정도다. 그때의 나는 필사의 힘으로 버텼다.

벌써 십 년도 더 된 이야기다. 나는 그때 나의 우울증을 사람들이 모르길 다행이라고 생각한다. 물론 그때는 우울증을 마음의 감기처럼 자연스럽게 받아들이지 않을 때이기도 했다. 자격지심에 빠져 나 빼고는 모두 잘난 사람들이라고 생각할 때라 약점을 보이고 싶지 않았다. 완벽한 사람들에게 흠이 있는 나를 들키지 않으려고 애썼다. 누구라도 그렇지 않을까? 최선을 다해 꽁꽁 감추고 가장 공격적인 가면을 쓰는 일. 나에게 그 가면은 '친절'이었다.

도통 낫지 않던 우울증은 오랜 치료와 이직으로 서서히 나았다. 이직할 때까지 열심히 감추고 써온 가면 덕분에 퇴사까지 무사히 마쳤다고 믿는다.

지금은 내 동료들은 물론이고 내 지인이나 지인의 지인도 우울증을 앓았고, 앓고 있다. 이렇게 흔해진 우울증이고 내게도 한 번씩 들르듯 찾아오지만 웬만하면 티 내지 않으려 애쓴다. 어쩌면 아플 때 솔직하게 털어놓고 도움을 받는 게 나을지도 모른다. 하지만, 사람들은 누구나 각자의 무게를 견딘다. 아무리 밝아 보이는 사람이라도 그가 감당할 어깨의 짐이 있다. 그 짐은 일일 수도 있고, 가족이거나 '나'일 수도 있다. 그리고 모두는 그 각자의 무게를 견디느라 안간힘을 쓰고 있을 것이다. 인생 쉽게 사는 것 같아만 보이는 철부지도 다 마찬가지다. 그렇게 내 인생 하나만으로도 힘든데 남의 어려운 이야기를 듣고 어두운 표정을 보면서 신이 날 리가 없다.

　과거에는 그저 들키지 않기 위해 꼭꼭 숨겼지만, 지금은 상대가 견뎌 내고 있는 그 무게에 내 것까지 더하고 싶지 않은 게 이유이다. 오늘도 누군가와 이야기를 나누고 싶어 연락처를 열어보지만 '바쁠까?', '부담스러울까?' 그냥 혼자 버티기로 한다. 만일, 내 무게를 더해도 거뜬히 받아줄 누군가가 옆에 있다면 당신은 행운아! 그가 도망가지 않도록 잘 붙잡아라. 그리고 인생은 '기브 앤 테이크'가 기본이다. 내 이야기를 들어주는 그의 이야기를 들어주는 것도 잊지 말아라.

　이번에도 내 짐을 다른 사람에게 지우고 싶지 않다는 핑계로 나는 친한 친구를 찾는 대신 집 근처 병원을 찾아 전화를 걸었다. 이런! 초진은 다음 달 말까지 예약 마감이란다. 이제 막 새로운 달이 시작되었는데, 다음 달까지 마감이라고? 그때까지는 꼼짝없이 혼자 버텨야겠다.

저기 오는 나의 반갑지 않은 오랜 손님이자 동료, 우울증아! 올 테면 와봐라! 이번에도 잘 버텨줄게. 대신 이번에는 조금만 힘들게 하면 안 되겠니?

그렇게 나는 오늘도 문을 나서며 친절함의 가면을 쓴다.

9

이불킥 도사입니다

　오늘도 실패일까. 신경 쓰이는 일이 있어 살짝 긴장했더니 잠들지 못한 게 벌써 4일째다. 어제까지는 잠을 못 자도 괜찮았는데 오늘은 깨어 있는 게 나인지, 좀비인지 알 수가 없다. 오늘도 못 자면 내일은 버틸 자신이 없어 진작 처방받아 둔 수면제를 먹었다. 평소엔 약을 먹으면 금세 깨더라도 잠은 들었는데 오늘은 기미가 없다. 잠이 안 올 땐 못하는 술을 마셔도 심장박동 소리만 커질 뿐 자는 데는 전혀 도움이 되지 않는다. 신경 좀 썼다고 이 모양이라니, 정말 나란 인간은 구제 불능인가 보다.

　얼마 전 TV를 보는데 오랜만에 방송에 나온 배우의 인터뷰 장면이 나왔다. 진행자가 물었다.

"20대에 했던 인터뷰 중에 후회하는 내용 있어요?"

배우는 잠시 생각하는 듯했고, 진행자가 다시 물었다.

"20대에 한 인터뷰 내용 생각 안 나죠?"

배우가 그제야 대답한다.

"제가 과거를 잘 생각하는 스타일이 아니에요. 그냥 오늘만 사는 거예요."

시간이 오래 지나기도 했지만, 원래도 자신이 한 일은 잘 생각하지 않는다는 거다. 한 일을 기억하지 못할 수도 있다니 순간 부러웠다. 그와 다르게 나는 날마다 이불킥을 한다.

'아니, 그때 그 말은 왜 했을까? 이놈의 입이 방정이지 입을 꿰매고 살아야 하나? 사람들이 대체 날 뭐라고 생각하겠어? 내 말 때문에 그 친구 상처 입지는 않았을까?'

오늘 점심 먹으면서 내가 한 말이 누군가에게 상처가 되지 않았을지 고민한다. 이틀 전은 물론이고 3년 전에 내 실수로 상처 입었을 누군가에게도 혼자 사과한다. 어쩌면 정작 그는 상처를 입지 않았을지도 모른다. 그저 나 혼자만의 생각이다.

아! 특별히 마음에 남아 나를 괴롭히는 일이 하나 있다. 2년 전쯤 친구의 마음을 상하게 하고 제대로 대접하지 못한 채 돌려보낸 적이 있었다. 그러면 안 되는 거였는데 하던 일이 있던 나는 거기에 집중하느라 멀리서 어렵게 찾아온 고마운 친구를 문전박대하고 말았다. 내 의도는 그게 아니었지만 이미 친구는 마음이 상한 후였다. 바로 사과했지만, 마음이 크게 상한 친구는 받지 않았고 이후로도 내내 미안했다. 그렇게 친구와 연락이 끊겨버려 그녀의 상해버린 마음을 회복할 길은 없었다. 혼자 수시로 후회하고 마음속으로 수없이 사과의 마음을 전했다. 그리고 무한히 이불킥도 했지만, 오늘 또 한다. 이불킥!

매번 이런 식이다. 어쩌면 상대는 전혀 신경 쓰지 않은 상황이라도 내마음에는 두고두고 남아 소화불량과 두통을 안겨준다. 그러다 보니 조금이라도 신경 쓸 일이 있으면 바로 '긴장 각'이다. 이렇게 생겨 먹은 탓에 나의 지난 20년은 늘 살얼음판이었다. 앞으로 나의 직장생활도 마찬가지겠지? 나이를 먹어도 조금도 단단해지지 못한 나란 녀석, 어째 이리 생겨 먹었단 말인가? 속을 열어보면 장기 어디 하나가 부족한 건 아닌지 모르겠다. 하나님이 나를 만드실 때 뭔가 하나를 빼놓으신 건 아닌지 상당히 의심스럽다.

회식으로 웃고 떠들다 거나하게 취해 집으로 돌아가는 길이다. '알쓰'가 취해봐야 도수 약한 와인 석 잔을 마셨을 뿐이지만 이미 주량을 넘겨 알딸딸하다. 대리기사님께 운전대를 맡기고 생각한다.

'취기에 누군가에게 실수를 한 건 아닌가?', '누군가를 불쾌하게 한 건 아닐까?', '오늘 처음 본 사람도 많은데….'

취한 와중에 천천히 오늘 술자리를 되짚어 본다. 술김에 말을 너무 세게 한 건 아닌가? 말을 지나치게 많이 한 것 같은데 너무 필터 없이 얘기한 거면 어쩌지? 나 때문에 누군가 곤란해졌으면? 젠장! 오늘 밤도 잠은 다 잤다. 한밤중에는 이불킥을 하고, 한낮에는 이런저런 증상으로 병원을 찾아간다. 지긋지긋한 복통과 두통으로 내과, 가정의학과, 한의원, 신경정신과까지 안 다녀본 병원이 없다. 주기적으로 다니는 병원만 해도 몇 개인가. 모두 신경성 증상들이다. 여기저기 아파보고 나선 낌새가 보이면 바로 병원과 약국으로 직행이다. 덕분에 비싼 건강보험료도 전혀 아깝지 않을 정도다. 대한민국에 나만큼 건강보험 혜택을 톡톡히 받는 사람이 또 있을까? 내가 직장생활을 오래 해야 하는 이유 하나 추가다.

　이불킥은 내가 끼친 민폐나 상처에 대한 후회만으로 시작되지는 않는다. 나는 불합리한 일을 당해도 그 자리에서 당당하게 얘기하지는 못하는 편이다. 일부러 참는 게 아니라 당한 그 순간에는 아무 생각도 나지 않는다. 이상하다는 생각도 못 하다가 꼭 자려고 눕기만 하면 생생해진다. '아! 아까 그거 나 먹인 거 아냐?', '암만 생각해도 일부러 그런 거 같은데?', '아니! 나한테 왜?' 부글부글 속이 끓어 올라 밤새 이불킥을 해도 분한 마음은 사그라지지 않고 며칠 밤을 뒤척인다.

　며칠이 지나도 분함이 사라지지 않으면 나만의 복수를 차근차근 은밀하게 계획한다. 짧게는 며칠, 길게는 몇 달씩 계획을 세우다 마음의 준비가 되면 드디어 용감하게 실행도 해본다. 이날을 위해 가슴 두근두근하며 얼마나 많은 마음속 시뮬레이션을 해왔던가? 조마조마한 마음으로 실행 완료. 몹시 통쾌하다. 흐뭇함을 감추지 못하고 자꾸 티를 내면 나를 잘 아는 지인이 묻는다.

"무슨 좋은 일 있어?"

"내가 있잖아. 이러쿵저러쿵 어쩌고저쩌고 블라블라…."

한참 들은 지인이 한마디 한다.

"또 너만 아는 소심한 복수를 하셨구먼. 시간이 남아서 그래. 일이나 해."

이미 예상했겠지만, 그 신나는 복수란 말도 못하게 '짜치다'. 예를 들면, 그가 부르는데 못 들은 척하고 쓰는 컵을 몰래 치워버리는 식의 복수다. 맞다. 오래 공들여 계획과 준비를 했다기엔 상대에겐 타격감이 전혀 없는 수준이다. 아마 모기에 물려도 이보단 따끔할 거다. 하지만 나의 분은 풀렸고 이불킥도 멈췄으니 그것으로 되었다. 직장생활은 길고 나는 그들을 또 봐야 하니까….

오히려 어떤 복수는 내가 너무 심한 게 아닐까? 상처 입지 않았을까? 걱정할 때도 있다. 물론 이때도 그들은 머리카락 한 톨도 다치지 않았고, 또 나만 죄책감이 든다.

오늘도 이불킥 공장은 대량 생산 중이다.

아! 말 나온 김에 그때 그 친구에게 한 마디! "그때 내가 정말 무례했습니다. 정말 미안합니다." 그 친구는 이 글을 볼 수 없겠지만 진심으로 다시 한번 사과한다.

"우당탕탕!"

우리의 직장생활을 표현하기에 이만한 단어가 또 있을까요? 아마 오늘도 그랬을 거예요.

일에 치이고 사람에 상처 입었지만, 또 같은 이유로 위로받으면서 씩씩하게 하루를 살아낸 우

리! 참 기특하지 않나요?

물론 남들 다하는 직장생활이고 모두가 힘들게 사는데 뭐가 그리 대단하냐고 할 수도 있어요.

하지만, 평범한 것만큼 대단한 게 없는 것 같아요. 그래서 우리는 모두 대단하고 기특합니다.

4장

직장생활
버티고, 굳히고, 한판승!

하루하루가 쌓여
일주일이 되고 한 달이 되고
일 년이 되어 내가 된다는 것을 잘 안다.

오늘 하는 이 일이 매일 같아 보여도
분명 어제와 다르고 더 나아졌을 거고
내일은 더 나아질 거다.

1

밥밥밥!
밥 먹고 합시다

"밥 먹고 합시다."

어느새 벌써 열두 시다. 직장인들에게 월급만큼 중요한 하나, 밥! 나에게는 매월 꼬박꼬박 들어오는 월급만큼이나 밥이 특히 중요하다. 이유는 모르겠지만 직장생활을 하는 내내 점심시간이 지켜지지 않으면 나도 모르게 화가 났다. 다 먹고 살자고 하는 일 아닌가. 때가 되면 밥이 들어가 줘야 안정감이 든다. 어쩌다 오전 회의가 길어지면 조바심이 나서 자꾸 시계를 쳐다보게 된다. 일이 끝나지 않아 야근하는 건 괜찮은데 점심시간만큼은 꼭 지켜져야 직성이 풀렸다.

나의 전 회사들의 점심시간 시작은 11시 30분부터 12시 30분까지 조금씩 다 달랐다. 쓸 수 있는 시간도 대부분은 1시간이지만 50분부터 1시간 30분까지 조금씩 차이가 있었다. 신기하게 점심시간의 시작이 달라져도 나의 허기는 늘 정해진 그 시간에 맞춰 찾아온다. 휴일엔 집에 종일 있어도 배고픈 걸 느끼지 못할 때도 많은데 사무실에 출근하는 날은 어쩜 이럴까? '아! 배고픈데?' 하면 늘 30분 전이다. 놀라운 인체의 신비다. 일꾼은 역시 때맞춰 밥을 먹어야 하고, 나는 역시 직장인이 체질이다. 점심시간이 허기를 채우기 위한 목적을 가진 것은 확실하다.

간혹 밥이 뭐 그리 중요하냐는 사람도 있다. 허기를 채울 수 있는 알약은 왜 개발되지 않느냐 한다. 그런 알약이 있다면 허기만 간편하게 해결하면 더 없는 효율이라 주장하면서 내게 동의를 구하기도 한다.

'뭐 먹지?'

가끔 점심 메뉴를 고르기 어려울 때는 나도 그런 생각을 한다. 나는 미식가도, '맛.잘.알'도 아니지만 먹는 즐거움은 무시할 수 없다. 눈과 입으로 즐기고 그날의 장소나 함께한 사람들, 분위기, 대화 내용이 다 추

억으로 남기 때문이다. 만일 매끼를 알약으로 해결한다면 그런 즐거움이나 행복을 느낄 수 없지 않을까? 사랑하는 가족, 친구, 연인과의 식사는 말할 것도 없다. 하루의 가장 많은 시간을 함께 보내는 동료들과의 식사도 마찬가지다.

누군가와 함께일 때도 그렇지만 혼자 먹는 점심도 중요하다. 최근 재택으로 혼자 먹게 될 때가 자주 있는데 그럴 때도 난 대강 먹어 치우지 않는다. 플레이팅에는 소질도 없고 반찬을 위해 일일이 접시를 꺼내고 치우는 일은 퍽 번거롭지만 애써 예쁜 그릇에 담는다. 테이블을 깨끗하게 치우고 다른 사람을 대접하듯이, 누군가에게 대접받듯이 차린다. 대접하는 사람도, 받는 사람도 나지만 한 끼 식사에 기분이 썩 좋아진다.

일이 세상에서 제일 재밌고, 인정받는 게 중요하던 30대에는 제시간에 점심을 먹지 못하고 대강 때워도 괜찮았다. 오히려 일밖에 모르는 '워커홀릭' 같은 느낌에 취하기도 했다. '매일 그렇게 먹는 것도 아닌데…' 싶은 마음에 크게 신경 쓰지 않았다. 열심히 일하느라 식사도 제대로 못하는 내가 꽤 멋져 보인다고 생각했다. 남들 보기에도 일을 좋아하는 믿을 만한 동료, 직원으로 보였으면 했다. 불규칙한 식사로 소화불량이 잦아져도 약을 먹으면 그만이다. 원래 못되고 예민한 성격 탓에 조금 신경 쓰면 소화가 안 되는 것일 뿐이다. 대한민국 직장인의 70~80%가 신경성 위염이 있다고 하지 않는가. 나 역시 그 많은 직장인 중 하나일 뿐이라 생각하고 넘겼다. 하지만 점심을 잘 챙겨 먹는 것은 생각보다 중요했다.

건강과 나를 챙기기 위한 것만큼 다른 중요한 것이 또 있다. 점심시간은 직장인의 하루 중 나를 위해 쓸 수 있는 유일한 시간이다. 혼자 시간을 보내든, 동료들과 식사하든, 미팅이 잡히든 그 시간은 나를 위한 시간이어야 한다. 회사에 있는 시간은 직장인이지만 점심시간만큼은 나의 숨 쉴 틈이 되어 줘야 한다. 점심시간의 시작이 11시 30분이든 12시든 상관없다. 내가 쓸 수 있는 시간이 30분이든 한 시간 반이든 그 역시 아무래도 괜찮다. 직장인에게 점심시간은 단순하게 밥을 먹고 배를 채우는 시간만이 아니다. 친구를 만나고 쇼핑을 하고 은행이나 관공서 업무를 볼 수도 있다. 회의실이나 카페에서 혼자만의 시간을 보낼 수도 있다. 어떻게 보내든 휴식을 취하고 자신을 추스르면서 힘을 얻는 시간이다. 그 시간을 온전히 내가 사용할 수 있다면 그것으로 충분하다.

일은 다 먹고 살자고 하는 것이다. 하지만 직장인에게 점심시간이란 단순한 끼니를 때우는 것 이상의 의미이다.

무슨 점심시간에 이렇게까지 의미를 두느냐 할 수도 있지만 내게는 직장생활 내내 점심시간이 소중했다. 월급만큼 반드시 보장받고 싶은 나의 권리랄까?

중요한 일이나 바쁜 일정 때문에 오늘도 점심을 대강 때우고 넘겼다면 다시 생각하자. 직장인에게 직장은 중요하지만, 그 역시 나를 위한 것이다. 생계를 위해서든, 사회적 지위와 체면이나 자기 성장을 위해서든 마찬가지다. 직장생활을 오래 잘하기 위해 무엇보다 내가 가장 중요하다. 점심을 챙기면 내 건강과 함께 멘탈도 챙겨지는 일거양득의 효과를 볼 수 있다. 믿을 수 없다면 대강 때우는 날과 제대로 챙겨 먹는 날의 기분과 업무 효율을 테스트해 보자. 나는 점심시간을 잘 보내는 것이 자존감을 찾는 데 큰 도움이 되었다. 아! 대신 제대로 먹는다고 지나치게 많이 먹으면 소화되는 동안 졸려서 오후 일은 말아먹기 딱 좋다. 꼭꼭 씹어서 천천히 잘 먹자. '어쩌다 한 번'인데 비약이 너무 심한 것 같다면 그 '어쩌다 한 번'이 '자주'가 되지 않도록 조심하자. 직장인들의 건강한 직장생활 파이팅이다!

그리고 아직도 낼모레 오십인 딸내미의 끼니를 걱정하시는 우리 엄마에게도 한 마디!

"엄마! 엄마 딸은 배고픈 건 참지 않아. 걱정은 '그만' 좀 합시다!"

2

마흔,
불혹의 안정감

　마흔을 유혹에 더는 흔들리지 않는 나이라 하여 불혹이라고 한다. 공자의 『논어』의 위정편에서 나오는 말이다. 그 말대로라면 마흔이 되면 진정한 어른으로서 어떤 상황에서도 미혹되지 않고 평정심을 유지할 수 있어야 한다. 하지만 나의 마흔은 가장 아프고 힘든 시절 중 하나였다. 혹시 '마흔 통'을 들어본 적이 있는가? 나의 유난하고 예민한 성격 때문일까. 나의 마흔 통은 지나치게 아팠다. 마흔이 되던 해의 나는 살며 경험할 수 있는 많은 사건이 '종합선물세트'처럼 묶어서 함께 일어났다.

　그 해에 총 7번의 크고 작은 교통사고가 있었다. 멀쩡히 세워 놓은 차를 누가 긁고 가기도 했고 신호대기 중 뒤차가 와서 박기도 했다. 병원

앞 약국에서 약을 지어 나오다가 주행 중이던 차에 발을 밟혀 응급실로 실려 가기도 했다. 내가 낸 접촉 사고도 네 번이나 있었다. 그중 어떤 사고는 처리된 줄 알고 있다가 넉 달이 지난 후에 보험사의 전화를 받고 알게 되기도 했다. 유명 대학 교수인 아버지와 또 다른 유명 대학 약대 대학원생이었던 딸이 접촉 사고 이후로 그동안 쭉 입원해 있었다고 했다. 그 사고로 상대 차의 운전자인 아버지는 부정맥이 왔다던가. 교통사고로 부정맥이 올 수도 있다는 걸 그때 처음 알았다. 더 크게 다치지 않아서 너무 다행이지만 두 사람분의 사고 보상금을 크게 치렀다. 그리고 나의 거칠던 운전은 그 후 상당히 얌전해졌고 무사고의 드라이버가 되었다.

어디 그뿐인가? 멀쩡히 출근했다가 갑자기 찾아온 복통으로 점심시간쯤 회사 앞 병원에 바로 입원해 3일을 보낸 적도 있었다. 디스크 증세와 알 수 없는 허벅지 신경통으로 보름이나 입원하기도 했다.

하지만 그해 나의 가장 큰 사건은 아주 가까운 지인의 죽음이었다. 거짓말 같은 소식은 어느 날 갑자기 날아왔다. 그는 스스로 운명을 선택했다고 했다. 전혀 예상치 못했던 이별은 현실 같지 않았다. 장례식장에 도착할 때까지 믿을 수 없었던 그 날, 그의 영정사진과 이름이 보고서야 현실임을 깨달았다. 그의 어려움을 짐작조차 하지 못했던 나에 대한 원망과 후회, 그리될 때까지 나를 떠올려주지 않은 그에 대한 서운함이 섞여 주체할 수 없었다.

'얼마나 힘들었을까? 얼마나 외로웠을까?'

지금까지도 그를 떠올리면 여전히 힘들고 아프고 그립다.

그나마 불혹까지는 아니어도 덜 흔들리게 된 것은 마흔다섯이 되면서부터였다. 노후에 대한 쫄림으로 갈 길이 바쁘기도 했다. 하지만 그보다 세상 어디에도 절대 그럴 수 없는 일은 없다는 걸 깨달으니 그렇게까지 화낼 일도 없고 특별하게 너무 재밌는 일도 없어졌다.

예전에는 '사람들이 어떻게 볼까?'에 지나치게 집착했다. 아는 사람은 물론 지나가는 모든 사람의 눈치를 보느라 어디서든 한 점 빈틈없이 보이려 애썼다. 하다못해 지하철이나 버스를 같이 타는 사람들에게도 내가 어떻게 보일지 늘 걱정했다. 당연히 사람들과의 관계는 어려웠다. 누구도 내게 그러라 한 적 없지만 모든 관계에서 내가 '을'이었고 발생하는 모든 일이 내 책임이라고 느꼈다. 그렇게 남의 시선은 항상 나의 발목을 잡았다.

그러니 내 일상의 일분일초가 얼마나 팍팍했을까? 이제는 괜찮다. 이전에는 사람들에게 얕보이지 않으려 편한 옷에 운동화 신고 출근해 본 적 없었다. 하지만 지금은 맨얼굴에 운동화 신고 헐렁한 추리닝 입고 지하철을 타도 멀쩡하다는 걸 안다. 어차피 사람들은 나한테 관심이 조금도 없다. 그걸 알게 되니 애쓸 필요가 없어졌다. 마음을 고쳐먹고 편히 살려 그렇게 애를 써도 안되더니 나이를 먹고 배가 좀 나오니 자연스럽게 고쳐졌다.

요즘의 나는 옆도 뒤도 보지 않고 앞만 보고 걷는다. 무조건 직진이다. '직진 용화'라는 별명도 얻었다. 앞만 보며 걸으면서 얼마나 씩씩하고 빠르게 걷는지 누가 옆에 오는지도 모른다. 한 번은 만나기로 한 지인이 약속 장소로 오는 길에 나를 발견하고 먼저 아는 척을 할 때까지 누가 옆에 오는 줄도 몰랐다. 지인이 다가와 가볍게 내 어깨를 툭 쳤다. 그저 앞만 보고 목적지향적으로 가던 나는 그 순간에도 알아보지 못했고, 그녀가 먼저 인사를 건넸다.

"어딜 그렇게 바쁘게 가요? 혹시 싸우러 가요?"
내가 어지간히 전투적으로 가고 있었나 보다.

이런 일도 있었다. 새벽 시장에서 다음 날 필요한 꽃을 매입하고 돌아오는 길이었다. 꽃 시장 갈 때만 메는 가방을 차 안에서 슬쩍 보니 5만 원권 한 장이 안 보인다. 신호에 걸린 사이 실내등을 켰다. 오늘 받은 영수증을 다 꺼내고 한 장 한 장 다 살폈다. 작은 지갑 안에 꽂힌 현금도 샅샅이 살폈다. 아뿔싸! 아까 주차비 정산하려고 카드를 꺼내다가 옆에 있던 현금이 쓸려나간 모양이다. 천 원도, 만 원도 아니고, 5만 원이다. 차를 돌려 갈까 했지만, 그게 그 자리에 남아 있을 리가 없다. 지난번엔 기껏 매입한 꽃 세 단을 흘리고 와서 눈물을 삼켰는데 이번엔 무려 현금이다.

'내가 말이야. 5만 원을 벌려면 말이야.'

눈물이 날 정도로 아깝고 속이 쓰렸지만 흘린 건 나다. 그리고 이미 벌어진 일을 어쩌겠나? 그냥 잊어야지. 언젠가 나도 주울 날이 있겠지. 어쩐지 이번 달 지출이 좀 적다 했다. 늘 플러스와 마이너스는 제로를 수렴한다. 그래도 이렇게 퉁 치고 넘어갈 수 있으니 다행이다.

이런 여유는 어쩌면 나이 때문만은 아닐 수도 있다. 그래도 내일모레 오십이 가까워진 지금은 상처 입을 일보다 집중할 일이 더 많고, 허비할 시간이 없다는 것도 잘 안다.

마흔이란 이런 건가 보다. 많은 것을 얻고 그만큼 많은 것을 잃는 것. 그리고, 그와 더불어 덜 상처 입고, 덜 연연하는 것. 그러고 보면 극심한 마흔 통으로 나를 괴롭혔던 마흔이 그렇게 나쁘기만 한 건 아니다.

아프고 난 후 상처 위로 새살이 돋아나듯 내 마음에도 새살이 돋고 더 단단해졌다. 그래도 이제 그만 좀 잃어버리자. 이러다 나도 잊어버리겠어.

3

하루하루가
'오늘'이 되었을 뿐

"어떻게 그렇게 회사를 오래 다닐 수 있어요?"

직장생활 20년 차라고 하면 자주 듣는 질문이다. 가끔은 나도 궁금하다. 그 철딱서니 없고 마냥 해맑던 신입사원이 20년이나 회사 다닐 줄은 누가 알았을까. 하긴 내 나이 마흔이 올 줄도 모르긴 했다. 최근에 하는 일이 많아지면서 또 하나의 질문을 더 받는다.

"아니 어떻게 그 일들을 다 해요?"

그러게나 말이다. 게다가 그 일들은 서로 연관도 없어 보인다. 하나를 하다가 둘이 되고 이게 셋이 되고 넷, 그리고 다섯이 되었다. 그렇게 되기까지는 순간이었다. 계획해서 그렇게 된 것보다 하다 보니 그리된 경우가 더 많다. 뭐 하나 제대로 하는 게 없어 날마다 깨지던 20대 초반의 나는 상상하지도 못했던 많은 일을 지금의 내가 하고 있다.

지금 다니는 회사는 10명 남짓의 스타트업이다. 이렇게 규모가 작은 곳에서는 한 사람이 하나의 업무만 할 수는 없다. 나 역시 어쩌다 보니 사람을 뽑고 계약서를 쓰고 있었다. 눈을 떠보니 자금과 자산관리를 하고 있었다. 또 긴가민가하는 사이 주주총회 준비를 하면서 재무제표를 살펴보고 있다. 모두 처음인 업무이지만 어찌어찌 별 탈 없이 잘 처리하며 지낸다. 평생 한 우물만 팔 줄 알았더니 그러지는 못할 팔자인가 보다.

나는 흔히 말하는 '일머리'가 좋은 사람은 아니다. 어제도 '원소스 멀티유즈'가 안 된다며 뼈 맞는 이야기를 한참 들었다. 웬만한 일은 평균은 하지만 "쟤 아니면 안 돼." 할 정도로 특별히 잘하는 일은 없다. 만약 이 어마어마한 지구력에 일머리까지 좋았다면 애초에 성공한 직장인이

됐겠지. 일 잘하는 다른 사람들처럼 연봉도 쑥쑥 오르고 승진도 '착착'했겠지. 그리고 여기저기서 모셔 가려고 애쓰지 않았을까? 숨겨진 능력을 발휘해 창업했을 수도 있겠다. 어쩌면 뉴스 한 귀퉁이에 훌륭한 인재로 기사가 났을지도 모른다. 그러나 현실 속 내 연봉은 오랫동안 제자리고 나는 여전히 평범하디 평범한 직장인이다.

겁도 많고 용기도 부족한 나는 하기 어려운 일들이 나타날 때마다 이 일이 실패했을 때 사람들에게 줄 실망감이 두려웠다. 막다른 골목을 만나면 매번 도망가고 싶었다. 용기가 없어 도망가지는 못했지만, 다행히 이리저리 해결되었다. 당연히 실수한 적도 많았다. 내가 해내지 못할 것을 예측한 세심한 다른 사람의 도움으로 겨우 살아남은 적도 한두 번이 아니다. 내가 인복이 있는지 여기저기 숨어 있던 귀인들이 기다렸다는 듯이 나타나 도와주었다.

그렇게 직장인으로 하루하루를 살았고 매일의 과제들을 해내다 보니 이만큼 시간이 지났다. 그 과정에서 지긋지긋했을 때도 셀 수 없고 다 때려치우고 도망가고 싶은 순간도 말도 못하게 많았다. 그 순간을 넘겨

내고 버텨냈더니 시간이 흘러 있었고 나의 제일 잘하는 일이 버티고 견디는 것이라는 것을 알았을 뿐이다.

언젠가 꽤 유명한 예능 PD가 예능 프로그램에 손님으로 나와서 그런 얘기를 한 적이 있다.

"예전엔 대단한 사람이 대단해 보였거든요. 근데 언제부턴가 오랫동안 꾸준한 사람이 대단해 보이는 거예요. 저렇게 많은 부침도 있고 힘든 시간도 있었을 텐데…. 어떻게 자기 자신을 오랫동안 유지할 수 있었을까? 나도 참 저렇게 되고 싶다."

그의 말에 나도 모르게 고개를 끄덕였다. 난 지구력이 좋은 편이지만 그게 나만 가진 특별한 장점이라고 생각하지 않는다. 그동안 한 회사에서 별다른 일이 없으면 평균 3년 정도는 잘 지냈고 다행히 고마운 지인들과 좋은 기회를 만나 이직도 꽤 잘했다. 덕분에 우여곡절 많은 시간을 간직하고 20년 차 직장인으로 살 수 있었다. 이렇게 65세가 넘으면 작고 소중한 국민연금도 받을 수 있다.

(받을 수 있겠지? 국민연금아! 나의 노후를 위해 조금만 힘을 내주겠니?)

하지만, 내 주변엔 나보다 더 어마어마한 지구력을 보이는 지인들이 수두룩 빽빽이다. 주위를 둘러보면 10년을, 아니 그 이상을 한 회사에 다니고 있는 사람들이 너무 흔하기 때문이다. 그들은 내가 회사를 3~4번 옮기는 동안 여전히 한 회사에 다니고 있다. 그 예능 PD의 말에 공감할 수 있었던 건 내가 잘하는 일을 나보다 더 잘하는 사람들이 이미 많고 나 역시 그들이 대단하다 여기기 때문이다. 그래서 내가 가장 잘하는 일이지만, 남들과 비교하면 또 특별히 잘하는 일인지는 모르겠다.

그저 내가 할 수 있는 일을 날마다 묵묵히 할 뿐이다.

나만큼 아니 나보다 더 스스로 잘하는 일을 특별히 잘 해내고 있는 내 주변의 당신들! 존경합니다. 오늘도 그렇게 하루의 시간이 흐른다.

이름만 대면 아는
그 회사에 다닙니다.

　요즘 MZ들이 다니고 싶은 회사를 줄여 '네카쿠배라당토'라 한다고 한다. 소위 좋은 학교를 나왔거나 일 잘한다고 소문난 친구들이 모여 있는 회사들이다. 쑥스럽지만 이 중에는 내가 다녔던 회사들도 있다. 요즘은 신입을 잘 뽑지도 않지만 내가 신입으로 지원한다면 서류에서 '광탈'할 것이 분명한 곳이다. 딱히 내놓을 것 없는 나는 지인 찬스를 써서 경력직으로 입사할 수 있었으니 운이 좋았다.

　덕분에 좋은 회사라 불리는 곳들의 시스템과 문화를 경험할 기회가 있었고 그 회사들에서 근무하는 동안 많은 것들을 배웠다. 나름의 힘듦과 부침이 있었지만 돌이켜 생각하면 내 인생의 가장 아름다웠던 시절이었다. 그때가 좋았지. 아마 그때 내 운을 다 쓴 게 아닐까. '인생은 한

방'이랬는데 난 무려 두 번이나 썼네? 아직 인생이 절반은 남았는데 벌써 써버리다니 아까워 죽겠다. 남은 내 인생아! 부디 잘 버텨보자.

어쨌든 스타트업으로 시작했던 그 회사들은 이제는 대기업이 되었고 누구나 가고 싶어 하는 좋은 회사들이 되었다. 그리고 난 그 회사에 여전히 남아 있는 그때의 친구들을 부러워하고 있다.

'그때 조금만 참았으면 내 연봉이 지금…. 하…! 참을성 없는 나란 놈이란….'

현장의 생생함을 느끼고 싶다며 회사를 박차고 나오면서 원래도 작았던 연봉을 얼마나 까먹었던가. 그 연봉을 회복하기 위해 또 몇 년을 노력했던가. 덕분에 모두의 월급은 언제나 작고 소박하지만 내 월급은 친구들과 비교하면 또 얼마나 작고 귀여운가. 안락함이 세상 최고인데, 현장의 생생함! 까짓 게 뭐라고. 철없이 무모했던 과거의 내가 원망스럽다. 세상 물정을 이렇게 몰라서야 원. 지가 무슨 돈키호테야 뭐야? 다시 돌아갈 수 있다면 착 붙어 절대로 떨어지지 않을 텐데…. 좋았던 과거는 시시때때로 떠오르는 나의 '껄투자' 중 하나다.

이름만 대면 다 아는 회사에 근무했던 경험은 누군가의 호기심을 불러일으킬 만하다는 것을 잘 안다. 오늘도 질문을 받았다.

"규모가 큰 회사와 작은 회사를 둘 다 경험해 보셨는데 대기업과 작은 스타트업의 차이가 있을까요?"

물론 있다. 그리고 그 둘의 장단점은 명확하다. 먼저 잘 알려진 좋은 회사에 다니는 장점은 쉽게 짐작할 수 있다. 특히, 안정된 연봉과 쾌적한 업무 환경, 체계화된 업무 프로세스에 훌륭한 대출제도, 신경을 많이 쓴 복지제도 같은 것들이 있다. 눈에 보이는 쉬운 예를 들어보자. 내가 일하는 책상이 크고 널찍하다. 종일 앉는 의자가 백만 원이 넘는 곳도 있었다. 회사 안에 멋들어진 카페나 훌륭한 구내식당도 있다. 직원들이 일에만 딱 집중할 수 있게 모든 것을 숨은 곳에서 지원해 주시는 분들도 많다. 이런저런 회의를 하기에 적당한 크고 작은 회의실도 충분히 준비되어 있다. 이런 잘 갖춰진 환경에서 업무를 편안하게 할 수 있는 프로세스도 장점이다.

무엇보다 어디서나 다니는 회사 이름을 대면 일단 사람들의 반응이 달라진다. 내가 다니고 있을 뿐 내 것도 아닌데 사람들의 반응에 꽤 으쓱해진다.

'후! 내가 이 정도라고~.'

또 말하지만 나는 추천이 아니었으면 서류에서 '광탈'이었다. 아무리 생각해도 아깝다. 하지만 그 덕분에 퇴사한 지 한참 된 지금도 그 경력들을 여기저기서 잘 써먹고 있다. 그렇게 다녔던 회사의 이름들이 경력의 증명이 되고 그때의 동료들이 네트워크가 되어주었다.

반면 작은 회사에서는 시스템이나 프로세스보다는 맨땅에 헤딩하는 경우들이 자주 생긴다. 경험이나 자본은 물론이고 사람도 부족하기 때문이다. 연봉이나 보상도 대기업과 비교하기엔 아무래도 아쉽고 복지제도도 마찬가지다. 처음 작은 회사로 이직했을 때 가장 놀랐던 것은 이전보다 훨씬 작아진 책상과 의자였다. 난 자타가 인정하는 맥시멀리스트다. 오죽하면 이직할 때 '퇴사가 아니라 이사'라 할 정도다. 당연히 사무실 내 자리에도 반드시 갖춰야 할 나만의 필수 아이템들이 많다. 새로운 회사에선 그것들을 장착하기에 나의 책상이 너무 귀여웠다. 이럴 때 쓰라고 나온 말이었던가. 대 · 략 · 난 · 감! 익숙해지는 데 시간이 조금 걸렸지만 몇 번의 이직을 더 거치면서 언제든 퇴사할 수 있다는 마음으로 짐을 줄였다. 내일 퇴사해도 가뿐하게 나갈 수 있을 정도로.

또, 작은 회사에서는 시스템보다 사람이 직접 해야 하는 일들이 더 많다. 청소나 비품 관리도 직접 해야 한다. 아! 우리 회사 비품 담당은 나였지? 지금 회사는 예전 회사의 한 팀 크기 정도로 작다. 다녔던 회사 중 가장 작은 규모다. 회사에서 동료들이 일에만 집중할 수 있게 다른 것들을 챙겨주는 그런 사람이 나다. 자식을 낳아봐야 부모님 마음을 이해한다더니 이전 회사에서 그분들이 얼마나 수고로웠는지 깨닫는다. 보이지 않는 곳에서 동료들을 위해 애써주신 그분들께 다시 한번 감사한다.

그리고 "어디 다니니?"라는 질문에도 회사 이름과 서비스에 대한 설명이 좀 더 필요한 경우가 잦아진다. 다행히 요즘은 워낙 유명한 스타트업들이 많아져서 설명의 수고를 덜기도 한다.

작은 회사가 가지는 장점도 크고 명확하다. 그 가장 큰 장점을 지금 내가 경험 중이다. 나는 긴 직장생활 동안 늘 비슷한 일을 해왔고 남은 직장생활 중 경력 전환을 할 기회는 더는 없다고 생각했다. 하지만 지금 회사에서는 이제까지 하지 않았던 전혀 새로운 일을 하고 있다. 그리고 이 경험은 내게 잘 맞는 일이 어떤 건지 20년 만에 아는 계기가 되었다. 내가 큰 회사에 있었다면 경력사원으로 입사한 후 완전히 다른 직무를 맡게 되는 일은 쉽지 않았을 것이다. 큰 회사는 일을 작게 쪼개 깊이 있게 파는 것이 좀 더 효율적이다. 조직 내에 사람이 많으면, 한 사람이 맡는 업무량도 늘어나 혼자 다양한 업무를 하는 일도 쉽지 않기 때문이다.

내가 지금 하는 업무를 예로 들어보자. 나는 경영지원이라 불리는 그 다양한 업무들을 다 하고 있다. 인사부터 재무, 노무, 총무, 법무까지. 그러면서 나의 경험은 늘어나고 커버할 수 있는 업무 영역도 넓어지고 있다. 장담컨대 내가 대기업에 다니고 있었다면 지금 하는 일을 할 수 없었을 것이다. 내가 하고 싶다고 할 수도 없지만 하게 되었더라도 그중 하나, 그 안에서도 일부만 했을 가능성이 크다. 이건 작은 회사에서만 가능한 분명한 장점이다. 그리고 회사가 성장하는 모습을 가까이서 직접 볼 수 있고 그 안에서 함께할 수 있는 것도 장점이겠다.

내가 다녔던 큰 회사들도 다 처음엔 작은 회사였다. 그리고 내가 다녔던 작은 회사들은 언젠가는 이름을 날릴 준비가 된 회사였다.

결국, 이름만 대면 아는 큰 회사거나 이름만 대면 알게 될 만큼 클 회사거나 둘 중 하나다. 지금 회사가 알려지지 않은 작은 회사라도 아쉬워하지 말자. 우리는 모두 이름만 대면 아는 그 회사에 다니고 있다. 그리고 어마어마해질 그 회사에 한 땀 한 땀 벽돌을 쌓는 중이다.

아직은 알려지지 않은 회사라도 오늘 우리의 열정이 뿌듯함이 될 수 있도록 우리 모두의 회사와 직장인들의 성공을 빈다.

5

취미,
직장인의 숨 쉴 구멍

　초등학교 시절 내 생활기록부에는 '주의가 산만하고….'라는 표현이 한 번도 빠진 적이 없다. 어른들 말씀 잘 듣는 게 미덕이었던 그 시절, 엄마에게 걱정을 선물하기 얼마나 좋은 평가인가. 대부분 그 나이 때 아이들이 다소 산만하겠지만 어린 나의 호기심과 장난기는 정도가 좀 심하긴 했다. 계단을 뛰어오르다 턱이 깨져 여러 바늘 꿰맨 일도 있었고 앞도 안 보고 뛰다가 문에 부딪혀 앞니가 부러진 일도 있었다. 멀쩡한 출입구 놔두고 아파트 단지를 두른 어른 키보다 높은 펜스를 넘다가 원피스 끝이 펜스에 걸려 대롱대롱 매달려 있기도 했다. 지나가던 어른이 몹시 황당해하며 내려줬지만 부끄러우니까 기억나지 않는다고 해두자. 그렇게 엄마와 선생님의 걱정을 사던 아이는 나이를 먹으며 말썽은 줄었지만, 호기심은 줄지 않았다.

내향적인 성향으로 친구가 한창 좋을 나이에도 두 살 터울의 남동생과 노는 게 제일 재미있던 아이. 장난기는 넘쳤어도 취미라고 내세울 것은 없었다. 그때는 어린아이가 할 수 있는 것이 많지 않기도 했다. 그저 동생과 책을 보거나 TV 보며 노래 부르고 춤추기, 시답잖은 장난치기 정도가 전부였다. 대학을 졸업할 때까지도 내게 베스트프렌드인 동생과 보내는 시간이 내 취미였다. 둘이 있으면 뭐가 그렇게 재미있었을까? 별 얘기도 아닌데 동생과 함께 있으면 마냥 재미있었다. 친구들과 놀다가도 동생이 있으면 서둘러 집에 갈 만큼 좋았다. 사회생활을 시작한 후에도 동생은 내 가장 친한 친구였지만 취미는 조금 달라졌다. 직접 돈을 벌기 시작한 나는 배우고 싶은 게 생기면 자유롭게 배우기 시작했다. 그때가 '취미 부자'의 출발점이다.

배울 수 있는 건 최선을 다해 열심히 배웠다. 러닝, 요가, 필라테스 같은 흔한 취미부터 복싱, 해금 연주, 발레, 배드민턴, 클라이밍, 수제 맥주 만들기까지. 내 취미의 스펙트럼은 다양하기도 하다. 어릴 때처럼 몸으로 에너지를 쓰고 싶었는지 운동 취미도 꽤 많다. 다만, 좋아하는 것에 비해 내게 운동 신경은 없었고 열심히 해도 실력은 전혀 늘지 않았다.

그 운동 취미 중에서 내가 가장 좋아하는 종목은 러닝이다. 러닝은 오롯이 혼자도 즐길 수 있고 여럿이 함께할 수도 있다. 편한 복장과 운동화면 준비물도 끝! 머릿속이 복잡할 때도, 많이 먹어 몸이 무겁다 느껴질 때도 효과 만점이다. 머리 질끈 묶고 러닝화에 손수건 들고 집 앞 탄천으로 나간다. 적당한 템포의 '러닝요(달릴 때 듣는 나만의 플레이리스트)'와 함께라면 '습습후후' 호흡도 문제없다.

회사에 동호회가 있다면 점심시간이나 퇴근 후 삼삼오오 모여 사무실 근처를 뛴다. 함께 뛸 때면 서로에게 러닝메이트가 되어 혼자일 때보다 좋은 기록을 얻기도 한다. 마라톤 대회에 참가할 때도 마찬가지다. 내 목표는 기록이나 메달이 아니다. 전혀 모르는 사람들이지만 우르르 모여서 달리다 보면 어느새 동지애를 느끼는 나를 발견한다. 완주 후에 먹는 단팥빵이나 초코파이의 달콤함은 평소의 그것과는 차원이 다르다.

러닝은 시작한 이후로 단연코 내게 최고의 취미다.

2년 전 시작한 클라이밍도 마찬가지다. 해 온 기간에 비하자면 실력
은 형편없다. 높이 올라가고 빠르게 움직이고 레벨을 한 단계씩 올리는
건 둘째 치고 매달려 있기도 쉽게 버거워진다. 그래도 홀드에 매달려 전
완근이 부풀어 오르는 그 순간은 짜릿하다. 벽에 매달린 그 순간은 달릴
때처럼 혼자다. 좀 더 혼자인 시간을 즐기고 싶을 때면 휴일 이른 시간
의 한산한 암장(클라이밍 센터)에서 매달리고, 떨어지고 또 매달리고 또
떨어진다. 취미를 나누는 동지가 필요할 땐 평일 저녁과 주말의 암장을
찾는다. 그 시간 암장에는 클라이밍을 진심으로 좋아하는 사람들이 넘
쳐난다. 아름답고 우아한 동작으로 홀드를 장악하는 사람들부터 나처럼
부들부들 떨리는 손으로 겨우 홀드를 붙잡고 한 걸음씩 옮기는 사람들
까지. 실력은 천차만별이지만 다른 사람도 자신만큼 즐겁게 하기를 바
라는 마음을 아낌없이 보여준다. 벽에 매달린 모르는 사람을 응원하고
자신의 노하우를 알려주기도 한다. 그리고 성공하면 '나이스'를 함께 외
친다. 같은 공간에서 취미를 공유하는 그들의 응원과 격려 덕분에 나는

홀드를 하나라도 더 잡고 밟을 수 있었다. 그리고 좋아하는 취미로 클라이밍을 망설임 없이 이야기한다.

가끔 생각할 게 많을 땐 1,000조각짜리 직소 퍼즐을 꺼낸다. 퍼즐 맞추기에 집중하다 보면 다른 생각의 방해를 받지 않을 수 있기 때문이다. 완성본이 어려울수록 효과가 좋다. 일단 잡은 퍼즐은 장소를 옮기지 않고 한 번에 완성한다. 퍼즐을 잡으면 완성이 목적일 뿐 얼마의 시간이 걸리든 상관없다. 주의가 산만하다는 피드백을 받던 어린아이는 퍼즐을 맞출 때만큼은 최고의 집중력을 발휘한다. 누가 나에게 산만하다고 하였던가.

아! 취미로 시작했지만, 지금은 나의 다른 직업이 된 꽃꽂이도 있다. 내겐 예쁘긴 하지만 먹을 수도 없고 기껏해야 일주일밖에 못 보는 주제에 비싸기만 한 꽃이었다. '고급 취미'라고만 생각했던 꽃꽂이가 내 취미가 될 줄은 몰랐다. 그런데 플로리스트라니. 이건 진짜 진짜 상상도 못했다. 우연히 접한 꽃은 자체로도 예뻤지만 모두 다르게 생긴 하나하나를 모아 특별한 무언가를 만드는 건 더 좋았다. 직업이기도 하지만 지금도 생각이 많아질 때면 냉장고 속 꽃들을 모두 꺼내 열심히 꽂으며 자체 힐링을 얻는다.

취미는 나에게 바쁜 일상의 쉼을 주는 '아지트'이자 새로운 에너지를 부스팅 하는 '활력소'다. 내 맘대로 되는 일보다 되지 않는 일이 더 많은 어른의 삶에서 취미는 일상의 스트레스를 잠시 피할 수 있게 해준다. 20년간의 직장생활 동안 나에게는 수많은 아지트가 있었다.

다양한 취미 덕분에 직장인으로 살면서 지치면 잠시 쉬었고, 두려울 땐 숨었고, 힘이 필요할 땐 불끈불끈 힘을 얻어 다시 일어섰다. 이것이 내가 그동안 나의 취미들에 진심일 수 있었던 이유다.

하나 더! 취미는 자존감이 무너지거나 사람에 상처 입었을 때도 스스로 일어날 에너지를 만들어 주기도 한다. 아직 이렇다 할 취미가 없다면 나를 위해 하나쯤 만들어 두자. 어떤 취미가 맞을지 모르겠다면 이것저 것 맛보기로 도전해보자. 시작해보지 않고는 아무것도 알 수 없다. 그렇게 만들어진 취미는 앞으로 나의 직장인 인생에 숨 쉴 구멍이 되어줄 것이다.

6

행복이라는 보물찾기

"나 지금 되게 신나."

　모르는 사람이 없을 정도로 유명했던 넷플릭스 드라마 〈더 글로리〉의 대사다. 드라마 안에서 이 대사는 다른 의미로 쓰였지만 난 나의 편의대로 해석해 본다. 직장인의 일상은 비슷한 시간에 출근하고 밥을 먹는다. 그리고 비슷한 시간에 퇴근…. 아! 퇴근은 아닌가? 어쨌든 각자 약간의 차이가 있기는 하겠지만 대체로 예측 가능하고 반복적이다. 다람쥐 쳇바퀴 도는 것처럼 반복적인 일상이다. 혹시 승진이나 연봉 인상, 이직 같은 뭔가 특별하고 좋은 이벤트가 있지 않고서야 신나기는 쉽지 않다. 나 역시 마찬가지다. 첫 출근 날은 분명 설렜고, 기대했고, 신났고, 행복했는데 그 행복은 오래가지 않았다.

오랫동안 행복이 막연하다고 생각했다. 조금 더 노력하다 보면, 지금보다 좀 더 여유가 생기고 상황이 나아지면 그때 가질 수 있다고 믿었다. 그 말에는 지금은 아니라는 전제가 있다. '승진하면', '연봉이 오르면', '보너스를 받으면', '인정을 받으면' 같은 단서가 붙었다. 매일은 그저 반복되는 것일 뿐 그 안에서 행복이나 새로움을 느끼기 쉽지 않았다. 그런 특별한 이벤트들은 자주 일어나지 않는다. 아니, 생각대로 풀리지 않는 일들이 더 많다. 잘될 거라고 철석같이 믿던 일들은 미끄러지는 일이 태반이고 기대가 크면 실망이 더 큰 법이다. 뜻대로 일이 풀리지 않거나 나보다 다른 사람이 먼저 인정을 받으면 상처를 입고 좌절했다. 분명 내가 좋아하는 동료인데도 질투심에 편하게 축하해줄 수도 없었다.

요즘 도파민에 관한 이야기가 여러 매체에서 자주 등장한다. 김단 작가의 『관계력』에도 도파민 이야기가 나온다.

"현재의 것에 만족하지 못하고 끊임없이 더 나은 것을 추구하게 만드는 것이 바로 뇌 속 화학물질인 도파민(Dopamine)이다."

나도 더 나은 미래를 위해 할 수 있는 것보다 더 높은 목표를 잡아 왔다. 남들과 끊임없이 비교했다. 하지만 지금은 좀 다르다. 출근했다 돌아올 나만의 집이 있고 내가 좋아하는 일이 있고 할 수 있다는 것에 감사한다. 나를 진심으로 걱정하고 아껴주는 사람들이 있고 순간순간을 환하게 채워주는 좋아하는 것들도 있다. 내 집에서 내가 좋아하는 일을 하다가 나의 사람들과 좋아하는 것들을 나눌 수 있는 모든 순간이 나에게 행복이다.

가끔은 혼자서 은은한 조명 아래서 한 모금씩 아껴 삼키는 위스키도 행복이다. 거실 창밖으로 보이는 박공지붕의 노란 페인트칠이 된 탐스러운 집을 보는 것도 행복이다. 나는 지독한 집순이지만 좋아하는 이들을 만나기 위해 나서는 길도 그렇다. 행복은 생각보다 별것 아니었고 예상보다 가까이 있었다.

어제의 행복은 좋아하는 그녀를 기다리던 낯선 공간과 이름이 예뻐 주문했는데 잔마저 예뻤던 커피였다. 기다리며 읽던 책 속 한 줄이었다. 기다리는 나를 위해 부랴부랴 도착한 그녀와 나눈 소소한 두 시간의 대화였다. 집으로 돌아와 새로 산 잔에 마신 초콜릿 향이 나던 위스키 한 잔이었다. 화병 속 색이 고운 프리지어 한 단과 나를 위해 컨 티라이트였다. 오랜만에 TV 드라마에서 만난 내 최애 배우였다. 그리고 내가 주문해 준 주방용품의 사용법을 신나게 설명하는 엄마와 무뚝뚝한 딸내미와 건배 한 잔으로 세상을 다 가진 듯 행복해하는 아빠였다.

행복은 애써서 오는 것이 아니었다. 이 모든 작지만, 소중한 것들 덕분에 난 잠자리에 누우며 말할 수 있었다.

"오늘 하루도 잘 살았다. 아! 행복해."

비록 오랜만에 신은 뾰족구두 덕분에 내 발은 종일 '적당히 하라'며 하소연했고 오늘은 허벅지의 통증을 고스란히 느끼지만 말이다. 오늘도 마주하는 모든 순간이 나를 그렇게 만든다.

　그래서 요즘은 다행이다. 이렇게 소중한 순간순간을 충분히 즐기고 감사할 줄도 알고 그런 나를 스스로 칭찬할 수 있으니 다행이다. 그 덕에 나는 매일 같은 하루지만 새롭게 시작할 수 있게 되었다. 이제 행복을 굳이 찾아 나서지 않아도 맘껏 느낄 줄 아는 여유가 생긴 것이다.

　하루하루의 오늘이 쌓여 일주일이 되고, 한 달이 되고, 일 년이 되어 내가 된다는 것을 잘 안다. 반복되는 하루 중 어떤 시간도 허투루 쓰고 싶지 않은 이유다. 오늘 하는 이 일이 매일 같아 보여도 분명 어제와 다르고, 어제보다 더 나아졌을 거고, 내일은 더 나아질 거다.

　나는 **"인생은 괴로움의 연속이고 행복은 광고처럼 짧다. 짧은 행복이 끝나면 다시 정규 프로그램으로 돌아가게 된다."**라는 영화 〈데드풀〉의 대사를 좋아한다. 분명 오늘도 괴롭고 힘든 일이 많겠지만 작고 사소한 행복들도 꾸준히 만들어나가려 한다. 마치 잘 나가는 정규 프로그램에 비싸고 좋은 광고가 더 많이 붙는 것처럼.

나는 그런 의미로 나에게 매일은 의미롭고 신난다. 그렇게 오늘도 시
작이다.

7

내가 일하는 이유

"선생님은 왜 의사가 되셨습니까?"

"먹고살려고."

"힘들지 않으십니까?"

"힘들지 않고 살 수 있는 방법도 있나? 난 지금까지 안 힘들게 사는 인생을 본 적이 없는데?"

"왜 하필 <돌담병원>입니까?"

"내가 좋아하는 사람들이 있으니까? 여기서 내가 잘할 수 있는 일을 할 수 있고. 그럼 됐지?"

"그게 전부입니까?"

"사람이 사람 말고 다른 이유가 필요해?"

TV 드라마 〈낭만닥터 김사부3〉에 나오는 선배 의사와 후배 의사의 대화다. 부모님이 원하는 대로 의사가 되는 목표만 가지고 살아온 후배는 선배에게 왜 이렇게 열심히 사는지 묻는다. 평소 까칠하지만, 병원과 환자에 헌신적인 선배의 답을 듣고 나는 가슴이 찡했다.

요즘 좀 지쳐가던 차였다. 일을 줄여야 하나? 너무 달리기만 했나? 내가 이 일들을 왜 하고 있지? 왜 이렇게까지 열심히 살고 있지? 도망가고 싶은 마음도 슬쩍 들었다. 직장 일을 열심히 해도 결국은 직장인일 뿐이다. 안정적인 건 좋지만 앞으로 크게 변화는 없을 거라는 불안감이 점점 커진다. 세상에는 일을 훌륭하게 잘 해내는 인재들이 너무 많은데 그에 비해 나는 너무 평범하다는 자기 인식도 고개를 든다. 그렇게 내 안에서 스멀스멀 회피 기제가 발동하려던 중에 비수처럼 날아 꽂힌 한마디.

"사람이 사람 말고 다른 이유가 필요해?"

그렇다. 내가 일을 하는 건 매달 따박따박 들어오는 월급도 있지만,

꼭 그것 때문만은 아니었다. 사람! 사람들에게 도움을 주고 그들과 함께 더불어 성장하는 것! 그 이유가 가장 컸다.

직장인으로 살면서 행복했던 때는 동료들에게 내가 필요한 사람이라는 걸 느낄 때였다. 그리고 더는 그 조직에 내가 필요하지 않다는 생각이 들 때 떠나야겠다고 생각했다. 이직할 때도 연봉이나 처우보다 내가 할 수 있는 일과 함께하는 동료들을 보고 결정했다. 그런 기준으로 회사를 고르다 보니 가끔은 높지도 않은 연봉을 크게 깎았던 경우도 여러 번 있었다. 그 깎인 연봉을 회복하느라 대체 몇 년이 걸렸는지 모른다. 친구들 연봉이 야금야금 오르는 걸 보면 속상하고 약 오를 때도 많았다. 내가 너무 순진했다며 스스로 원망도 많이 했다. 하지만 결국 나는 어쩔 수 없이 또 사람을 보고 있었다. 말 한마디, 행동 하나에 상처 입기도 하고 같은 이유로 간이고 쓸개고 다 내주기도 했다.

꽃도 마찬가지다. 정답이 없어서 배워도 배워도 끝이 없고 늘 내 실력만 제자리인 것 같아 불안하다. SNS에서 보면 어쩜 그렇게 천재들이 많은지. 다들 실력도 훌륭하고 열광하는 팬들도 있는 것 같은데 나만 그렇지 않은가 싶어 우울하다. 그러다 "너무 예뻐요.", "받는 분이 너무 좋아하셨어요." 하면 '그래, 내가 이 맛에 꽃을 만지고 있었지!' 하고 또 신나고 만다. 결국은 직장인으로 일을 하는 것과 꽃을 만지는 것은 같은 이유다. 먹고 사는 이유가 하나, 사람들과 교류하고 타인에게 인정받고 성장하는 것이 또 하나! 돈을 버는 것만큼이나 중요한 이유가 사람이었다.

월급이나 사람 말고 일하게 하는 이유는 또 있다. 업무에서 얻는 성취감 혹은 성장이다. 이 두 가지는 연봉이나 돈으로도 평가될 수 있지만, 그보다 내가 느끼는 감정이 더 중요하다. 지난 20년의 직장생활 중 오랜시간 같은 업무를 해왔다. 그리고 최근 새로운 직장에서 그동안 해보지 않았던 낯선 업무들을 맡았다. 처음엔 잘할 수 있을까 부담도 있었지만 오랜만에 일에서 설렘을 느꼈다. 잘할 수 있는 일을 찾아서 기분 좋았고 인정받을 때면 나 자신이 기특했다. 어제와 다르게 할 줄 아는 게 하나씩 늘어나는 게 너무 재미있다.

지금 회사에서 내가 경영지원 업무를 하면서 얻은 별명은 '천수 관음

보살'이다. 내가 독실한 불자라서 얻은 별명은 아니다. 단순하게 내가 하는 업무의 가짓수가 많기 때문이다(참고로, 나는 모태신앙의 크리스천이고 우리 박 권사님은 이 별명을 몹시 싫어하신다). 내가 할 수 있는 일이 많고 그 일들이 동료들에게 도움이 되는 일이라는 게 나는 만족스럽다. 그래서 더 할 수 있는 게 없을까 고민하고 이왕이면 더 잘하고 싶다. 만일 지금 하는 일이 동료들에게 도움이 되지 않는다면 이렇게까지 즐겁게 할 수 있을까? 내가 좋아하는 일을 맘껏 하면서 사람들과 함께 성장할 수 있으니 난 그야말로 복이 터졌다.

직장생활이라는 건 늘 만만하지 않고 사람은 누구에게나 돈이 필요하다. 두려움과 귀찮음을 이기고 매일 일터로 나가는 가장 큰 이유는 꼬박꼬박 통장에 꽂히는 현금이다. 하지만 살아가는 데 있어 꼭 돈만 필요한 것은 아니다.

내가 직장인으로 더 오래오래 살고 싶은 이유 역시 월급만은 아니다. 내게는 당신과 나, 더불어 성장하는 우리가 그 이유다.

8

건강한 마음에
건강한 신체

유난히 바쁘고 정신없는 한 주다. 월요일 아침 10시에 대표님과 경영 지원 업무에 대한 주간 보고가 있다. 월요일 아침 허둥거리다 놓치는 게 있을까 염려스러운 나는 매주 일요일 저녁부터 보고 사항을 미리 준비한다. 한 주의 시작은 일요일 저녁부터 시작인 셈이다. 2년 넘게 하다 보니 이제 익숙해져서 준비가 오래 걸리지는 않는다. 다만, 익숙하다고 대강 보다가는 분명 구멍이 생길 수 있으니 다시 한번 꼼꼼하게 본다. 일생을 '수포자'로 살아온 내가 숫자를 보는 일을 하고 있으니 더 그렇다. 그동안 해본 적도 없는 새로운 일이고 유난히 취약한 부분이라고 생각했던 일이지만 익숙해지면 익숙해질수록 일이 재미있다. 직장생활 20년 차에 다시 신입이 된 기분이다.

이번 주는 챙겨야 할 업무가 일주일 내내 있었다. 세미나 준비도 해야 했고, 분기 단위로 정산하는 업무도 이번 주다. 게다가 월요일 저녁 거의 1년째 하는 기업 동호회 클래스와 다른 기업에서 주문한 단체 주문도 있었다. 보통은 예약 일정에 맞춰 가느라 일주일에 한 번 정도 가는 시장인데 수요일까지 벌써 두 번을 다녀왔다. 본캐와 바쁜 시기가 겹치지 않게 부캐의 일정을 조절하는데 이번 주는 실패했다.

오늘은 시장을 다녀와서 꽃을 정리하는데 왼쪽 팔에 뽀루지 같은 수포 몇 개가 '토도독' 올라온다. 꽃을 만지기 시작하면서 생긴 알레르기인데 기력이 떨어지면 얼굴과 팔, 다리에 드문드문 생긴다. 하지만 오늘 밤도 갈 길이 멀다. 이제 시작이다. 얼른 약 한 알을 털어 넣고 라텍스 장갑을 챙겨서 양손에 낀다. 꽃 작업은 서서 하다 보니 다리도 땡땡해진다. 내 다리 원래 백만 불짜리 다리였는데 덕분에 못생겨졌다. 안 보인다고 '뻥'만 는다. 어디가 뻥인지는 묻지 말자. 앞일 수도, 뒤일 수도, 둘 다일 수도 있다.

퇴근 후에도 부캐가 왕성하게 활동하느라 이번 주 수면 시간이 하루 평균 세 시간이다. 원래 잠이 많은 편은 아니라 수면이 부족해도 괜찮다고 생각했지만 피곤한 건 어쩔 수 없다. 괜찮은 것과 아무렇지 않은 것은 다르다. 흔치 않지만, 가끔 이번처럼 일이 몰아치는 때가 오면 정신이 쏙 빠진다. 이럴 때 몸 어딘가에서 신호가 오면 덜컥 겁이 난다. 몸살이든 허리통증이든 슬슬 기미가 보이면 잠시 멈추고 나를 다독인다.

"이러지 마. 제발! 다음 주 화요일까지는 안 돼."

그때까지는 맘 놓고 아플 수도 없다. 정신을 바짝 차리지 않으면 '아차!' 하는 순간 잘 짜맞춰 놓은 일상이 '와르르' 무너지는 건 금방이다. 또 그렇게 바쁜 시기를 보내고 나면 언제 그랬냐는 듯이 괜찮아지기도 한다. 생각해 보니 요 몇 년 새 어디가 크게 아파본 적도 없다. 낌새가 보인다 싶으면 바로바로 대처한 덕분에 좀 피곤하긴 해도 매년 앓던 독감도 없이 겨울을 났다.

누누이 말하지만 누가 시킨 일이 아니니 내가 하고 싶지 않으면 내려 놓으면 된다. 나는 30대에 비하면 체력도 달리고 시력도 나빠지고 기억력은 더 나빠졌다. 하지만, 이 와중에도 나는 즐겁고 마음은 그 어느 때보다 맑다. 내가 할 수 있고 잘하고 싶은 일이 있다는 것이 좋다. 이렇게 재미있는 일을 한 번에 두 개나 할 수 있다니 견디지 않을 이유가 없다. 남들은 "피할 수 없으면 즐겨라."며 애를 쓰고 버텨야 하는데 돈을 벌면서 재밌기까지 하다. 이거야말로 도랑 치고 가재 잡고, 꿩 먹고 알 먹고, 누이 좋고 매부 좋고. 못 할 게 무엇인가. 부족한 것은 시간이다. 고민하고 망설일 시간도 없다. 못 먹어도 고! 한 번 해보는 거다.

어마어마한 쫄보에 백만 가지 걱정 인형이었던 난데 지금은 거칠 게 없는 '돈키호테'가 되었다. 다른 사람도 아니고 내가 이렇게 주도적인 인간이라니 내가 봐도 믿을 수 없다. 친한 동생이 이야기한다.

"언니, 앞장서는 코스모스야? 여리여리하게 생겨서는 왜 이렇게 주도적이야?"

오! 어쩜 골라도 내가 제일 좋아하는 코스모스라니 퍽 맘에 드는 별명이다. 투잡러가 된 이후로 나는 두려운 것도 없고 못 할 것도 없는 사람이다.

우리 엄마, 박 권사님은 하나뿐인 딸내미가 나이 먹어 고생하는 것 같은지 걱정이 태산이다. 곧 오십인 딸내미의 끼니를 날이면 날마다 걱정하고 가끔은 "왜 그리 청승"이냐며 좀 편하게 살라고도 한다. 엄마의 걱정이 뭔지 잘 안다. 남들처럼 재미있고 편하게 살았으면 하는 그 마음을 어찌 모를까? 하지만 나는 지금 내가 좋다. 남들에게 지고 싶지 않아서 센 척할 때보다 훨씬 좋다. 남의 눈치 보면서 아닌 척, 잘 지내는 척할 때보다 백만 배 더 좋다. 지금은 남의 시선 따위를 살필 여유가 없으니 마음 다칠 일도 덜 생긴다. 하루하루 나 하나 챙기기도 바쁘다.

그렇다고 몸이 망가지는지도 모르고 무조건 달리기만 하는 것은 아니다. 마음만큼 몸의 상태도 중요하다. 일부러 요즘은 좋아하는 운동도 꼬박꼬박하고 원래 잘 먹는 약도 더 잘 챙겨 먹고 병원도 더 잘 간다. 내가 좋아하는 일들을 더 잘하고 싶고 더 오래 하고 싶어서 체력도 잘 따라오

게 열심히 어르고 달랬다. 살면서 지금처럼 마음이 건강한 적도, 긍정적

이고 즐거웠던 적도 없었다.

"건강한 신체에 건강한 마음이 깃든다."라는 말이 있다. 반대로 건강

한 마음에 건강한 신체가 만들어지기도 한다.

몸이 건강했던 10년 전보다 더 건강해진 내 마음은 그렇게 지금의 나를

만든다. 몸이 조금 피곤해도 마음이 즐거워서 다행이다. 고맙다. 오늘의 나

야. 이 모두가 너의 덕분이다.

9

흔들려도 괜찮아

날씨가 참 좋았던 어느 주말 오후, 집 앞 공원을 산책하다가 놀이터를 지났다. 놀이터에는 머리를 양쪽으로 딴 귀여운 여자아이 하나가 그네를 타고 있었다. 대여섯 살쯤 된 아이는 아빠가 밀어주는 그네를 타며 몹시 신나 보였다. 그 아이의 모습에 나의 어린 시절이 문득 떠올랐다. 어릴 때 나는 철봉이랑 구름사다리도 잘 탔지만, 그네를 특히 잘 탔다. 그네를 타는 동안 시원한 바람을 맞는 것도 좋았고, 하늘을 높이 날아오르는 것 같은 느낌도 좋았다. 미끄러져 떨어질 때의 간질간질한 긴장감도 재밌었다. 그네에서 떨어지더라도 모래를 툭툭 털고 씩씩하게 일어났다. 그때 난 스릴을 즐기는 용감한 어린이였다. 그런 나는 그네는 여전히 좋아하지만, '쫄보 어른'으로 자랐다. 한때 용감했던 쫄보는 그네를 타지 않아도 매번 흔들렸다.

'정말 잘한 걸까?', '진짜 잘 될까?', '이대로 문제가 없을까?', '혼나면 어쩌지?', '욕먹으면 어떻게 하지?', '사람들이 날 싫어하면 어쩌지?'

어릴 땐 부모님과 선생님이 무서웠고 친구들과 멀어질까 봐 항상 조마조마했다. 어른이 되고 사회생활을 시작한 후로는 조직에서 쓸모가 없어 버림받을까 봐 늘 불안했다. 물에 물 탄 듯 술에 술 탄 듯 조금은 대강 살아도 괜찮을 텐데 그러지 못했다. 완벽하고는 싶지만, 몸도 마음도 따라주지 않아서 불안한 마음에 매일 긴장하고 살았다. 조금의 흔들림도 보여주고 싶지 않았고 내가 틀렸다는 것을 들키고 싶지 않았다. 누군가 내가 한 일에 아주 작은 다른 의견이라도 내면 나 자신을 부정당한 것 같아 참지 못했다. 마치 자기보다 덩치가 큰 개를 만난 작은 강아지가 더 크게 짖고 더 흥분하는 것처럼 더 당당한 척했다.

당연히 도전이라는 건 하려야 할 수가 없었다. 하던 대로, 익숙한 대로, 규정에 따라, 이전 사례를 참고하여 안전하게 했을 뿐이다. 점차 연차가 쌓이고 경력직으로 이직할 때는 더 그랬다. 익숙해질 때까지는 눈치를 봤고 모자란 나를 들키기 전에 잘하는 '실력자'처럼 포장했다.

요즘 주위 친구들의 "힘들다"는 전화를 종종 받는다. 역시 나만 힘든 건 아니었나 보다. 전화 속 친구들의 목소리에는 울분이 담겨 있거나 많이 지쳐 보인다. "뭐해? 바빠? 그냥 했어." 해도 그냥 한 게 아닌 걸 안다. 연차가 이쯤 쌓이면 그 어느 것도 괜찮은 단단함이 있을 줄 알았는데 희망 사항이었을까? 아닌 척 저 아래 묻어두었던 것들이 더는 못 참겠다고 들고 일어나는 걸까? 그들의 마음이 어떤지 너무나 짐작이 간다. 내 의사와 상관없이 조직의 어른이 되어버린 지금은 약한 모습을 함부로 보일 수 없다. 예전보다 더 챙겨야 할 것들이 많아져서 편하게 쉬기도 어렵다. 할 수 있는 일이라고는 가까운 친구들과 짧은 시간을 보낼 뿐이다. 우리는 생각만큼 강해지는 대신 점점 소모되고 있었다. 마치 완충해도 2시간도 채 못 가는 오래된 휴대전화 배터리처럼.

사회생활을 하다 보면 본능적으로 알게 되는 것들이 있다. 이 구역엔 누가 강자인지 알아보고 누구를 피해야 하는지 하는 것들이 그렇다. 그런 세상 속에서 나는 부정할 수 없는 초식동물. 만만해 보이지 않게 정신을 똑바로 차려야 한다. 비록 내 마음속 어마어마한 소용돌이가 일어나더라도 절대 들키지 말자. 난 이제 조직에서도 어른이니까, 어른으로 해야 할 역할을 해야 한다. 삶은 원래 피곤하고 돈벌이는 어려운 거니까 약한 티 내지 말자. 그동안 스스로를 얼마나 다그쳤던가. 인정받기 위해 야근도 열심히 하고 남들이 하기 싫어하는 일도 마다치 않고 했다. 욕을 먹어도 흐르는 눈물을 삼키고 무조건 직진했다. 시간이 지날수록 그 노력들은 나를 강하게 만들기보다 지치고 소모되게 했다. 더는 그만! 이제 앞만 보고 달릴 수 없다. 나 좀 그만 편하게 두자. 남들이 나를 보는 것이 대수인가. 이제 와 단단히 조인다고 지금까지 못 한 입신양명을 할 리 없다.

마음을 고쳐먹으니 무섭게만 보이던 동료들과 상사를 대하는 것이 조금씩 편해지기 시작했다. 내 앞에 벌어지는 상황도 좀 더 객관적으로 바라볼 수 있게 되었다. 나를 괴롭힌 건 동료도, 상사도, 부하직원도 아니었구나. 나를 제일 못살게 군 건 바로 나였구나.

그동안 왜 그렇게 나를 괴롭혔을까? 왜 나는 누가 괴롭히기도 전에 겁을 먹었을까? 이제 와 보면 흔들려도 괜찮았다. 내가 작은 실수를 좀 한다고 낙오되고 버림받을 이유가 되지는 않는다. 만일 그런 이유가 통했다면 실수하지 않아도 그리되었을 것이다.

내가 아무리 애를 써도 모두를 완벽하게 속일 수는 없다. 작은 싹이었던 대나무가 그렇게 훌쩍 자랄 수 있는 이유는 바람따라 흔들릴 수 있는 유연함 때문이라는 이야기를 들은 적이 있다. 흔들릴까 봐 두려운가. 나의 부족함을 들킬까 봐 겁나는가. 괜찮다. 누구에게나 부족함은 있고 누구나 흔들린다. 나를 지키며 오래가고 싶다면 흐름에 나를 맡기자. 흔들려도 괜찮다.

도종환 시인의 시에서처럼 세상에 흔들리지 않고 피는 꽃은 없다. 들판의 아름다운 꽃들도 다 흔들리면서 핀다. 꽃도 흔들리는데 사람은 오죽할까?

사람도 흔들리면서 단단해지고, 유연해지고 또 오래간다. 나를 놓지만 말자. 겉은 단단하지만 속은 빈, 바람에 흔들리는 대나무처럼. 흔들리며 줄기를 곧게 세우고 바람과 비에 젖으며 꽃잎을 따뜻하게 피우는 꽃처럼.

10

'빨리'보다 '멀리'

'일희일비하는 사람' 나를 가장 **빠르고** 쉽게 표현할 수 있는 한마디다. 어릴 때는 어땠는지 기억이 잘 나지 않는다. 사회에 발을 들이고 나서는 늘 불안과 초조로 살았다. 일이 잘 풀리지 않을 땐 물론이고 일이 잘 풀릴 때도 여전히 마음을 놓지 못했다. 나를 믿지 못했기 때문이다. 잘하고 싶은 마음에 비해 가진 능력은 너무 겸손했다. 그래도 지금은 차곡차곡 쌓아온 연차와 애쓰지 않아도 먹은 나이 덕분에 아주 조금은 나아졌다. 그 역시 나에 대한 신뢰가 생겼다기보다 작은 일에까지 전전긍긍할 에너지가 점차 달리기 시작했을 뿐이다. 무슨 이유든 나는 살만해졌고 다행이다.

얼마 전 지인의 요청으로 아르바이트를 겸해서 일을 도우러 간 적이 있었다. 무려 일당을 받는 이틀짜리 아르바이트였다. 쉬는 날 집에 있으면 돈이나 쓰면서 뒹굴뒹굴했을 텐데 이게 웬 횡재인가 싶었다. '나 단순하게 반복하는 일 완전 잘하는 거 알지? 얼마나 잘하는지 보여주겠어!'라고 다짐하며 가벼운 발걸음으로 집을 나섰다. 종일 2층에서 3층으로, 물건을 옮기고 나누고 넣고 자르는 일이다. 늘 정신없이 바쁘게 살았지만, 몸을 움직이는 일은 오랜만이다. 즐겁게 할 수 있을 것 같았다. 아무도 요구한 적 없지만, 본때를 보여주고 싶은 마음이 앞섰다. 업무는 작게 쪼개서 여러 사람이 나눠서 했고 한 시간에 10분씩 쉬는 시간을 가졌다, 얼마나 바쁘게 일이 돌아가는지 쉬는 시간 외에는 옆 사람과 말할 틈도 없었다. 너무 바빠 밥 먹는 30분 외에는 앉아 있거나 옆 사람과 눈을 마주칠 수도 없었다.

세 시간의 오전 시간 동안 내가 맡은 업무는 가위질이다. 상품을 다음 사람이 작업하기 편하게 잘라주는 일이었다. 시작할 때는 손에 모터라도 달린 듯 빠른 속도로 진도를 뺐다. 하지만 하다 보니 손은 물론 어깨까지 아팠다. 점점 손아귀에 힘도 안 들어간다. 눈치를 보니 오후에도 같은 일을 할 것 같은데 벌써 이러면 곤란하다. 슬쩍 봤더니 손가락에 물집이 잡히고 허물 벗겨지듯 피부가 까져 있었다.

　30분의 점심시간에 컵라면에 즉석밥을 말아먹고 친구와 짧은 통화를 했다. 친구는 오랜만에 몸 쓰는 아르바이트를 하는 나를 걱정했다. 나는 대수롭지 않다는 듯 오랜만이라 고되기는 한데 할 만하다며 걱정하지 말라고 했다. 그러면서 "나 손가락 까지고 물집 잡혔잖아." 했더니 친구가 툭 던진다.

　"으이그! 또 너무 열심히 했네…."

　맞다. 내가 또 앞뒤 안 가리고 열심히 했다. 나는 웃자고 한 얘기였는데 팩트로 맞았다. 다행히 오후에는 다른 업무를 하게 되어 가위를 놓을 수 있었다. 가위도 놓았겠다, 잘하고 싶은 마음은 여전한데 퇴근 시간이 가까워질수록 몸은 점점 더 지쳐갔다. 첫날의 일이 끝날 때쯤에는 완전히 방전되었다. 오전에 가위를 잡았던 손은 여기저기 일회용 밴드로 도배가 되었다. 다음날 칫솔을 잡을 힘도 없었던 걸 보면 요령 없이 얼마나 무식하게 했던 건지, 내가 생각해도 우습다. 오후 내내 내일은 살살하겠다고 결심했지만 결국 둘째 날은 포기했다. 급한 성격에 의욕이 넘쳐 물불 안 가리고 덤비다가 끝까지 가지 못한 것이다.

이번 일은 아르바이트라 그나마 포기라도 했지 직장이었으면 포기도 못 하고 꾸역꾸역했겠지. 나는 뭐든 한번 시작하면 앞만 보고 간다. 기대한 결과가 나오지 않아도 내가 할 수만 있다면 끝도 없이 간다. 앞뒤도 없이 무조건 앞만 보고 가는 무식함이 나의 특장점이다. 오죽하면 이름 앞에 '직진'이라는 별명이 붙었을까? 이상하게도 한번 시작해서 그게 내 일이라고 생각하면 포기가 안 된다. 포기하면 왜 안 된다고 생각하게 됐을까? 회사에 꼭 반드시 내가 해야만 하는 일 같은 건 없는데 내가 무슨 블록버스터의 히어로나 되는 것처럼 굴었다. 정작 내가 다할 수 있는 것도 아니면서 말이다.

아프리카의 유명한 속담 중에 "빨리 가려면 혼자 가고 멀리 가려면 함께 가라."는 말이 있다. 속도가 문제라면 부지런히 혼자 가면 되지만 멀리 가는 건 다르다. 조금 천천히 가더라도 동료가 있다면 힘든 순간도 의지하며 힘을 덜 들이고 갈 수 있다는 의미다. 나도 동의한다.

인생은 길다. 일해야 하는 시간도 점점 더 길어지고 있다. 직장에 다니고 있다면 직장인으로 살아야 하는 시간도 그렇다. 이제 더는 빨리 가는 게 능사가 아니다. 속도를 높여 빨리 갈수록 쉽게 지칠 것이다. 삶은 더불어서도 살지만 내 삶에서 일어나는 모든 일의 책임과 의무는 내 것이다. 누구와도 나눌 수 없는 온전한 나만의 것이다. 같이 갈 누군가가 있다면 좋겠지만 삶의 과정은 혼자 갈 가능성이 크다. 외롭고 지치는 나와의 싸움이다. 장거리 달리기를 하다 보면 페이스 조절은 필수다. 뛰다 숨이 차면 속도를 조절해 천천히 뛰거나 걷고, 가끔은 잠시 멈춰서 숨을 고르기도 한다. 우리 삶도 마찬가지다. 빨리 가는 것보다 더 멀리 가는 것이 훨씬 중요해졌다.

준비를 단단히 하고 더 멀리 보고 천천히 가자. 허둥지둥하다가 내 감정처럼 중요한 것들이 우선순위에서 밀려 놓치는 일이 없도록 해야 한다. 내가 인지하는 속도보다 1/4 정도만 늦출 수 있다면 내 진짜 감정을 만날 수 있다고 한다. 내가 내 감정을 제대로 알아야 내가 지금 어디로 가고 있는지 정확히 알 수 있다.

한자로 '바쁠 망(忙)'은 '마음 심(心)'과 '없어질 망(亡)' 또는 '망하다' 할 때의 망을 더한 글자다. 내 마음을 돌아볼 여유조차 없다는 정도의 뜻이 될까. 내 마음을 챙기지 못하면 내가 없어질 수도 있다는 의미로도 해석할 수도 있지 않을까?

요즘 나도 모르게 놓쳐지는 게 자꾸 생겨 불안하다면, 지금 가는 길이 맞나 싶다면 잠시 멈춰보자. 그리고 이제까지 온 길을 한 번 돌아보자. 내가 느끼는 감정은 어떤지, 나는 지금 괜찮은지 찬찬히 한번 살펴보자. 지금, 이 순간에 나를 행복하게 만드는 무언가를 하자. 그래도 괜찮다. 지금 조금 뒤처지는 것 같아도 결국엔 끝까지 가는 사람이 '위너'다. 내가 아프고 힘든지도 모르고 앞만 보고 달리다 넘어지면 다시 일어나지 못할 수도 있다. 바쁘게 가다가 내가 없어질 수도 있다. 그러지 않게 조심하자.

"세상살이가 아무리 힘들고 지쳐도, 온전한 내 편만 있으면 살아지는 게 인생이라. 내가 네 편 해줄 테니, 너는 네 원대로 살라."

영화 〈계춘할망〉에 나오는 대사다. 영화에서는 어떤 상황에서도 덮어놓고 나를 믿어주는 할머니가 계셨다. 내게도 그런 사람이 한 사람쯤 있을 테니 주위를 둘러보자.

혹시 세상에 내 편이 하나도 없는 것처럼 느껴지더라도 괜찮다. 어차피 우리는 모두 혼자고 내가 내 편이면 된다. 나를 살살 달래며 천천히 끝까지 가자.

불안으로 인한 우울증과 불면증으로 나의 직장생활은 버텨내기 바빴습니다.

이 세상에 내 편은 하나도 없는 것 같았거든요. 일도 사람도 왜 나만 이렇게 힘들까요? 그런데 꾹꾹 참을 땐 죽을 것 같고 외롭더니 지금 와서 보니 나만 힘들었던 건 아니라는 걸 알게 됩니다.

조금은 유연해도 괜찮습니다. 남과 비교하며 빨리 가려고 애쓰기보다 천천히 가도 괜찮아요.

힘들면 우리 잠시 쉬어가요. 그래야 남은 긴 인생, 멀리 갈 수 있습니다.

5장

가늘게 버티면서,
짧게 사는게 꿈입니다

아직 오지 않은 미래라
불안한 마음이 더 크지만
눈 꼭 감고 하나씩 준비하다 보면
어떻게든 되겠지.

지금은 다른 생각할 여유가 없다.
일단은 가보자고!

내 이름은 직장인

"안녕하세요. ○○○입니다."

어떤 모임이든 누군가를 처음 만나게 되면 빠지지 않는 것, '자기소개'. 우리는 살면서 자기를 소개할 순간들을 생각보다 자주 만난다. 특히 사회생활을 시작하고 나서부터는 새로운 사람들을 만나게 되는 일이 더 자주 생긴다. 일로 만난 사이든 개인적인 친분으로 만난 사이든 나에게는 나를 소개하는 시간이 언제나 제일 어렵고 낯설다. 그나마 단둘이 만날 땐 좀 낫다. 여럿이 함께 만나는 자리면 내 소개말을 고민하느라 내 앞 다른 사람의 이야기는 들리지도 않는다. 순서가 가까워질수록 내 심장 소리가 너무 크게 들려서 누가 들을까 부끄러울 지경이다. 이름

석 자 얘기하는 게 왜 그리 어려운지 모르겠다. "○○○에 다니고 있습니다.", "○○○에서 ○○ 업무를 하고 있습니다.", "○○○에서 일합니다." 그나마 직장인이 되고 난 후에는 다니는 직장을 소재 삼아 소개를 시작할 수 있었다. 직장을 다니지 않았다면 나는 무엇으로 나를 소개했을까?

"내 동생 곱슬머리 개구쟁이 내 동생. 이름은 하나인데 별명은 서너 개."

어릴 때 자주 듣던 동요 〈내 동생〉의 한 소절이다. 나도 이름은 하나인데 직장인으로 20년쯤 지내다 보니 내겐 여러 개의 별명 같은 호칭들이 생겼다. 그리고 그 모든 것은 하나의 의미로 통한다.

'직장인'

직장에서 나를 부르는 호칭을 얻는 모든 순간이 좋았다. 각각의 호칭으로 불리는 시간도 뿌듯했다. 내가 누군가에게 쓰임 있는 인간이 된 것 같은 느낌이었다. 사원에서 대리가 되고, 대리에서 과장이 되는 그 순간도 모두 기억한다. 항상 자존감이 부족했던 나에게 내가 필요한 곳이 있다면 그걸로 충분했다. 월급이 적어도 일이 힘들어도 괜찮았다. 누구나 바로 알만한 큰 회사에 다닐 때도, 알려지지 않은 작은 스타트업에 다닐 때도 마찬가지다. 나는 그냥 내가 직장인인 게 좋았다. 다니던 회사들에 처음 입사하는 그 순간에 나는 늘 두근두근 설렜고 사랑에 빠졌다.

직장인! 얼마나 좋은가. 특별히 내세울 것 없어 보이는 내가 삶을 살아가는 데 든든한 뒷배와 커다란 우산이 되어준다. 스스로 어떤 사람인지 설명하는 것이 어려운 내게 직장만큼 좋은 소개 도구가 없다.

내가 직장인이라 좋은 이유는 자기소개만이 아니다. 일단, 건강보험이나 국민연금도 회사가 절반을 내준다. 매달의 알량한 수입을 지키면서 노후에 대한 부담을 살짝 덜 수도 있다. 게다가 나처럼 어디든 조금만 아프면 병원으로, 약국으로 바로 찾아가는 사람에게 건강보험의 혜택은 엄청나다. 또 있다. 직장을 다니고 있다면 매달 나오는 월급이 있으니 은행 대출을 받을 때 한 푼이라도 더 받을 수도 있다. 갚아야 할 돈이니 온전히 내 것은 아니지만 0.01%라도 낮은 이자로 같은 돈을 사용할 수 있다면 이득이지 않은가?

성장하고 싶었던 나의 사회적 욕구도 틈틈이 채울 수 있다. 타인과의 관계 속에서 인정도, 위로도 받을 수 있다. 일상을 나누는 즐거움은 덤이다. 나라는 사람을 드러내지 않아도 직장이라는 조직의 한 사람으로 살아갈 수도 있다. 드러나기보다 뒤에서 사부작거리기를 좋아하는 내게는 더할 나위 없이 완벽하다. 스포트라이트는 받지 않아도 좋다. 다른 사람이 주목을 받도록 뒤에서 내가 서포트할 수 있다면 그 인정도 내 것인 것처럼 즐겁다. 다 내가 이 조직에 속해 있기 때문이다. 직장이란 정말이지 든든한 존재다.

직장 덕분에 내 귀여운 연봉이 몇 년째 동결되어 오르지 않아도 나는 안정감을 얻을 수 있었다. 누군가는 어쩜 이렇게 순진해 빠졌냐고 할지도 모른다. 그래서 이 나이에, 이 연차에 '이 모양 이 꼴'이라고 흉볼지도 모를 일이다. 하지만 나는 내가 직장인인 게 좋다. 직장인이라 더러 속상할 때도, 열이 올라 울고 싶을 때도 있다. 아니, 말도 못하게 많다. 그래도 나는 앞으로도 오랫동안 직장인이라는 이름으로 직장의 그늘에 살고 싶다. 이렇게나 매력적인 직업이 세상천지에 어디 또 있단 말인가?

살면서 우리는 얼마나 많이 내 이름을 말하게 될까? 가끔 "전화번호가 뭐냐?" 묻는 말에 길지도 않은 그 숫자들이 언뜻 기억나지 않을 때가 있다. "내 전화번호가 뭐더라?" 같은 전화번호를 15년 이상 쓰고 있지만 그래도 다르지 않다. 하지만 내 이름을 잊는 일은 없다. 그만큼 이름은 태어나는 순간부터 나와 가장 가깝고 절대 떨어지지 않는다.

'직장인'

20년이나 내게 붙어 있었던 또 다른 이름이자 성인이 된 이후로는 내게 착 달라붙어 있던 그 호칭이다. 흔한 직업이지만 그 덕에 진짜 내 이름을 가장 많이 부르게 해주는 나의 역할이기도 하다. 그런 직장인으로 나는 앞으로도 오래오래 살고 싶다.

나는 내가 직장인인 게 좋다.

"안녕하세요. 직장인 이용화입니다."

2

별일 없이 사는
소박한 나의 꿈

"니가 깜짝 놀랄만한 얘기를 들려주마. 아마 절대로 기쁘게 듣지는 못

할 거다."

장기하의 노래 〈별일 없이 산다〉의 도입부 가사이다. 가수 특유의 심
드렁한 음성도 매력적이지만 감정이입이 되는 가사가 특히 맘에 든다.
종종 '나는 별다른 걱정도, 고민도 없다. 그래서 별일 없이 산다. 네가 들
으면 약이 오를 거'라는 가사를 여러 번 들으며 곱씹어 본다. 그러다 보
면 '내 일도 내 걱정, 남의 일도 내 걱정'인 나로서는 듣기만 해도 보통
부러운 게 아니다.

어릴 때부터 스스로 노력하지 않고 얻을 수 있는 것을 기대해 본 적이 없다. 왠지 내가 애써서 얻지 않은 건 내 것 같지 않았기 때문이다. 나의 가장 가까운 어른, 엄마와 아빠는 내가 아는 모든 사람 중에 가장 소박하고 성실한 사람들이었다. 살면서 한 번도 내게 주어지지 않은 것을 탐내는 걸 본 적이 없었다. 큰 부자가 되고 싶은 욕심도 없어 보였다. 그저 우리 네 식구 먹고살 정도면, 그 정도면 된다고 생각하는 것처럼. 내가 어려서 부모님의 마음을 제대로 읽지 못했을 수도 있다. 그런 환경 때문인지 나도 부자가 되겠다거나 하는 욕심 없이 자랐다.

직접 돈 주고 복권을 사본 적도 거의 없다. 로또를 사 본 적은 다섯 손가락으로 꼽을 수도 있다. 좋은 꿈이라도 자주 꿨으면 그 핑계 김에라도 샀을 텐데 돼지꿈, 조상 꿈같은 길몽을 꿔본 기억도 없다. 맨날 누군가에게 쫓기다 놀라 화들짝 깨는 꿈을 꿀 뿐이다. 대체 뭘, 얼마나 잘못해서 맨날 쫓기는 걸까? 잠들기 전의 이불킥 후유증인가? 내 인생에 랜덤 뽑기로 우연히 경품에 당첨되는 행운 같은 것도 없다. 뭐라도 노력(input)을 해야 아주 작은 결과(output)라도 얻을 수 있다. 내게 행운이란 어릴 때, 라디오에 보낸 사연이 당첨되어 방송을 타고 경품을 받는 그런 것들이다.

그렇게 자란 나의 꿈은 소박하디 소박했다. 남에게 빚지지 않고 아쉬운 소리 하지 않을 정도면 괜찮았다. 별일 없이 사는 것이 얼마나 쉽지 않은 일인지 이미 어릴 때부터 너무 잘 알아버렸다.

어느 날 지인이 물었다.

"갑자기 너한테 돈이 100억 있으면 어떨 것 같아?"

가만있어 보자. 100억이라…. 상상력이 늘 풍부한 나지만 이번엔 액수가 좀 크다. "만약에 말이야."로 시작하는 대화가 익숙한 난데 거기선 고장이 난 것처럼 상상이 멈췄다. 있어 본 적은 물론이고 생각해 본 적도 없지만, 앞으로도 있을 것 같지 않은 금액이다. 이렇게 큰 숫자 앞에서 뭘 해야 할지 상상조차 되지 않았다.

"음…. 일단 집을 사지 않을까? 그다음엔 돈 안 벌어도 되는 작업실도 하나 있으면 좋을 거 같은데?"

"집이 있다면? 작업실도 있다면? 그럼 뭘 할 거야?"

"집도, 작업실도 있어? 이야! 그럼 난 바랄 게 없는데? 그래도 있다면…. 그렇다면 가끔 여행 다니고 비싸고 맛있는 것도 먹겠지. 사람들을 작업실로 불러 좋은 시간도 나눌래. 그리고 그 작업실에서 좋아하는 꽃을 만지며 돈 벌 궁리 안 해도 되는 재밌는 '일'을 하지 않을까?"

입 밖으로 답을 내뱉는 순간 가장 당황한 건 나였다. 맙소사! 100억이라는 돈이 내 손에 생긴 후에도 놀고먹는 게 아니라 일을 한다고? 사주에 놀고먹는 팔자 없다더니. 평생 일복이 넘쳐 소처럼 일한다더니 그저 상상일 뿐이지만, 상상 속에서도 일이라니 이럴 수가 있나? 나란 녀석은 놀고먹는 상상도 못하는구나. 옛말에 고기도 먹어본 놈이 잘 먹고 매도 맞아본 놈이 잘 맞는다더니(?) 이럴 때 쓰는 말인가 보다. 하지만 그 상상은 전혀 서운하지 않았다. 아니 당황스러움은 잠시일 뿐 곧 넘치게 행복해졌다. 지금 내게는 100억은커녕 1억도 없다. 100억이 있다면 그걸로 뭘 할지 모르겠다. 진짜 상상도 안 된다. 사고 싶은 슈퍼카도 없고 갖고 싶은 명품도 없다. 그래도 상상 속에서라도 내가 할 수 있는 걸 원 없이 한다 생각하니 이미 얻은 것처럼 기분이 좋았다.

사고 싶고 하고 싶은 것이 많아서가 아니라 '100억이 생기면….'이라는 설정만으로도 좋았다. 그 돈이 나에게 있다면 불쌍한 아이들과 강아지를 맘껏 도울 수도 있겠다. 얼마 전 고정비 부담 때문에 오랜 고민 끝에 중단했던 기부금들도 다시 시작할 수 있겠지. 시간에도 여유가 생길 테니 우리 '맹이' 닮은 아이를 데려올 수도 있지 않을까? SNS에서 봤던 눈빛의 아이를 망설이지 않고 데려올 수 있으면 얼마나 좋을까? 좋은 것 먹이고 입히면서 종일 같이 붙어 지낼 수 있겠지. 상상력도 꿈만큼이나 소박하지만 난 그것만으로도 이미 행복하다. 그 돈을 가진 것처럼 속이 든든해졌다.

누구나 꿈을 가지고 있다. 직장인이 아니더라도, 꿈이라고 생각하지 않았더라도 누구나 하나쯤은 가슴 속에 품은 소중한 것들이 있다. 그 꿈은 건물주가 되는 것이거나 여유로운 노후이기도 하다. 누구에게는 세계여행, 또는 낯선 지역에서 한 달 살기 같은 것일 수도 있다. 새 노트북을 사거나 종일 책을 읽는 것처럼 일상에서 쉽게 이룰 수 있는 것이 꿈이더라도 그 꿈들은 모두를 설레게 한다. 나에게도 늘 꿈이 있었고 지금도 있다. 거실 창에 초록색 펜으로 크게 동그라미 쳐둔 길 건너 박공지붕의 노란 집! 100억이 내게 생긴다면 그 집을 제일 먼저 사야지. 그리고 시장 가기 편하게 좀 더 큰 차도 사야겠다. 또, 시장이구나. 역시 놀고먹을 생각이 아니라 여전히 '일'할 생각을 하는 나지만 상상만으로도 행복해지는 순간이다.

하지만 무엇보다 나는 정말 별일 없이 살고 싶다. 내가 좋아하는 사람들과 내가 좋아하는 일을 하며 밉거나 싫은 사람도 없이 정말 소박하고 편안하게 살고 싶다. 장기하의 노래처럼 누군가를 놀라게 하거나 화나게 하고 싶지는 않다. 다만 별일 없이 사는 나의 꿈만큼은 지키고 싶다.

나는 내 꿈을 응원한다. 그리고 당신의 가슴 속 꿈도 응원한다.

3

백세시대의 노후 준비

이제 백세시대라고 한다. 아니, 의료 기술이 좋아져서 백이십 세까지도 살 수 있을 거라고 한다. 그리고 오래 살려면 더 오래 일해야 한다고들 한다. 혹자는 작고 소중한 국민연금이라도 받으려면 70세까지 일해야 할 수도 있다고도 한다. 맙소사! 직장을 다니지 않았던 기간까지 합치면 20년을 훌쩍 넘게 일했는데, 앞으로 20년을 더 해야 한다니. 아이고야. 생각만 해도 눈앞이 캄캄하다.

신통하다는 사주 선생님들을 찾아다니기 시작했던 건 그즈음부터였다. 나의 질문은 단 하나!

"선생님, 저 굶어 죽지는 않을까요?"

아! 한 번 더 고백하지만, 나는 모태신앙의 크리스천이다. 우리 박 권사님 또 목덜미 잡으시겠다.

어쨌든 여기저기서 소개를 받아 유명하다는 분들을 찾아다녔는데 선생님들의 답변도 하나였다. 그리고 놀라울 정도로 단호했다.

"응! 절대 굶지는 않아. 재물복이 있네, 있어. 아주 부자는 아니지만 먹고 살 만큼은 벌어. 평생 열심히 소처럼 일해서 먹고 살 팔자야!"

굶지는 않겠지만, 가만 앉아 있어도 돈이 들어오는 팔자는 아니란다. 일복은 평생 넘치게 있을 거고 내가 움직이는 만큼 벌릴 거란다. 이게 대체 덕담인가 악담인가. 그 당시의 나는 인제 그만 일하고 놀고먹고 싶었지만 그런 일은 '절대' 일어나지 않는다고 기대하지 말란다.

신통하지만 믿고 싶지 않은 사주는 됐고 요즘 인기 있는 타로에 기대를 걸어봐야겠다. 그러나 타로의 결과도 크게 다르지 않다. 3개월은 물론 6개월 후나 1년 후에도 가만 앉아 편하게 돈 번다는 이야기는 해주지 않는다. 이번 생은 소처럼, 일개미처럼 열심히 일해서 먹고 사는 모양이다. 아무래도 훌륭한 선생님들끼리 미리 짠 거 같다. 이거 혹시 나만 모르는 〈트루먼 쇼〉인가? 갑자기 영화 속 '짐 캐리'의 기분이 이해된다.

그렇게 노후에 대한 불안감이 점점 더 나를 조여오던 어느 날, 집으로 한 통의 우편물이 왔다. 발신처는 국민연금관리공단이고 내용은 이랬다.

"당신이 지난 18년간 낸 연금 총액은 얼마입니다. 그리고 앞으로 15년을 더 내면, 당신이 65세가 되는 20년 후부터 매월 작고 소중한 연금을 얼마 받을 수 있습니다."

젠장! 지난 20년간 일한 것도 지겨운데 앞으로 15년을 더 넣어야 그것도 20년 후부터 준단다. 우편물에서 알려준 금액은 현재 시점이 기준이다. 여기서 납부 금액이 1원이라도 적어지면 받게 되는 금액도 적어질 것은 불 보듯 뻔하다. 암만 생각해도 지금이 내 인생의 최고 벌이인 것 같은데…. 지금이야 60세까지 넣으면 된다지만, 그때가 되면 더 오래 넣어야 받을 수 있다고 할지도 모를 일이다. 영락없이 70살까지는 벌어야 하는 모양이다. 나의 사주와 타로로 미래를 봐주던 신통한 그 선생님들이 갑자기 원망스럽다.

이왕 이렇게 된 마당에 살 방도를 찾아야겠다. 즐길 자신은 없지만 피할 수도 없으니 완벽하게 내 인생을 위한 소가 되는 것도 괜찮지 않을까. 일단 나의 상태를 파악해 보기로 했다. 우선 똑똑하다는 가계부 앱부터 깔았다. 그동안 버는 족족 쓰느라 모아놓은 돈이 1원도 없었다. 모아둔 돈은커녕 버는 것보다 더 많이 쓰느라 그 흔한 주식 1주도 없이 마이너스 찍힌 통장뿐이다(부끄럽지만 사실이다. 나를 아는 사람들이 책을 볼까 가장 무서운 순간이다). 이때까지 나는 얼마를 벌었고 얼마가 남았는지, 그래서 내 수중에 얼마가 있는지도 몰랐다. 얼마를 벌고 썼는지 알 수 있는 건 오로지 연말정산의 원천징수영수증뿐이었다. 가계부 앱도 마흔 넘어 처음 쓰기 시작했으니 말 다 했다. 이 상황에 재테크는 지나치게 거창하고 씀씀이부터라도 관리하기로 했다. 지금처럼 살다가는 노후는 둘째 치고 곧 쪽박 차기 딱 좋다.

다음으로 암보험과 퇴직연금인 IRP(Individual Retirement Pension)에 가입했다. 노후 준비의 시작이 보험과 IRP라니 뜬금없다. 보험은 왠지 호구가 되는 것 같아 기본이라는 암보험도 들지 않았었고 연금은 장기간으로 낼 자신이 없어 미루고 미뤄왔다. 하지만 요즘처럼 암이 감기만큼이나 흔한 시대에 언제 어디서 무슨 일이 생길지 모르는 일 아닌가. 그리고 국민연금보다 더 작고 귀엽겠지만 매월 꼬박꼬박 들어오는 현금이 있다면 용돈에 보태 쓸 수 있지 않을까? 칭찬은 고래를 춤추게 만들고 미래에 대한 쫄리는 마음은 나를 움직이게 했다. 놀라운 합리화지만 그렇게 고작 두 개의 상품에 가입해 놓고 슬쩍 든든해졌다.

이제 뭘 해야 70세까지 혹은 그보다 더 오래 벌 수 있을지 진지하게 고민해 보자. 내가 가진 게 없으니 믿을 것도 나 하나뿐이다. 열심히 주

위를 살펴보고 더 열심히 머리를 굴렸다. 팔랑거리는 게 뒤에서도 보일
만큼 귀가 얇은 터라 귀동냥도 부지런히 했다. 주변에서 주식이나 코인
으로 꽤 많이 벌었다는 이야기들이 들린다. 하지만, '콩알보다 작은 간'
을 가지고 있는 내게는 적합하지 않다. 게다가 내게는 종잣돈이 1원도
없다. 종잣돈은커녕 내 통장에 찍힌 마이너스는 너무 당당하다. 요즘 많
이들 하는 온라인스토어나 공동구매도 기웃거려보지만 내겐 수지타산
을 맞추는 계산능력도 없다. 적어도 장사라는 것이 1원이라도 남아야 하
는 것이 아닌가. 이리저리 따지다 보니 좋아 보이는 건 많지만 그중에
잘 해낼 자신이 생기는 건 별로 없다. 이럴 줄 알았으면 돈 쓰는 취미 말
고 돈 버는 취미라도 가져볼 걸 그랬다.

그즈음 회사 1층에 꽃 판매와 클래스 운영을 함께하는 플라워카페가
오픈했다. 유난히 과묵한 남편과 미소가 사랑스러운 아내가 사장이었
다. 그때까지만 해도 나는 꽃에 관심이 전혀 없었다. 꽃을 유난히 좋아
하는 동료를 따라 매일 드나들다 보니 커피도 맛있고, 사장님 부부도 친
절하고, 꽃과 식물이 가득한 분위기도 좋았다.

꽃을 자주 보니 슬슬 호기심도 일었다. 특별히 예쁜 꽃이 있으면 한 송이, 두 송이를 사다가 가끔은 나를 위해 다발을 사기도 했다. 친구 따라 강남 가듯이 동료 따라 원데이클래스로 꽃꽂이 체험도 해보았다. 아니 근데 이게 웬일인가? 나하고는 먼 것만 같던 '꽃꽂이'가 재밌다. 둘째 가라면 서러울 정도로 급한 성격인데 꽃을 만질 때만큼은 내가 이렇게 온화했던가 싶을 정도로 차분해졌다. 솜씨가 썩 나쁜 것 같지도 않다. 어쩌면 나는 타고난 플로리스트가 아닐까? 그렇게 노후에 대한 불안감은 나를 플로리스트 꿈나무의 길로 인도했다.

'내 노후는 꽃'이라는 생각으로 취미반부터 2년 동안 차근차근 배우고 또 배웠다. 그리고 숨겨왔던 타고난 실력으로 금세 자리를 잡고 노후 걱정하지 않을 만큼 큰돈을 벌었다…. 라면 좋겠지만 그것은 나의 기대를 가장한 새빨간 거짓말이다. "그 후로 오래오래 행복했습니다."라는 동화 같은 결말은 아직 나지 않았다. 난생처음 돈이 되는 취미가 될 줄 알았던 꽃꽂이에 대한 배움은 아직도 진행 중이다. 보기에는 꽤 그럴듯한 투잡이지만 아직 버는 돈 보다 쓰는 돈이 더 많은 나는 여전히 플로리스트

꿈나무다.

어느새 마흔보다 쉰이 가까워진 지금이다. 우리 엄마도 여전히 실감이 안 나는 내 나이 쉰. 이렇게 쉰이 코앞인 지금에서야 부랴부랴 준비하는 노후다. 미리 준비했다면 좋았겠지만, 지금이라도 알아서 다행이다.

아직 오지 않은 미래라 불안한 마음이 더 크지만 눈 꼭 감고 하나씩 준비하다 보면 어떻게든 되겠지. 지금은 다른 생각할 여유가 없다. 일단은 가보자고!

꽃으로 먹고살 수 있을까요?

"아얏!"

오늘도 어김이 없다. 어제는 억센 장미 가시에 찔리더니, 오늘은 꽃가위에 베어서 새끼손가락에서 피를 보았다. 보통은 상처 부위에 소독약을 칙칙 뿌리고 상처를 꾹 누른 후 연고를 바르면 더는 피가 솟지 않는데 오늘은 상처가 조금 깊었나 보다. 손가락을 덮은 연고 위로 피가 계속 흐른다. 선명하게 붉은 피가 똑똑 야무지게 잘도 떨어진다.

나에게는 본캐인 직장인 외에 플로리스트라는 부캐가 있다. 플로리스트, 꽃을 만지고 디자인해서 작품이나 상품을 만드는 사람이다. 나는 직장인으로 살지 않는 시간 대부분을 플로리스트로 산다. 잠을 줄여 새벽 시장에 가고 예약 상품을 만들고 종종 클래스도 한다. 직장에서 퇴근하면 다른 직업으로 다시 출근하는 셈이다. 꽃을 직업으로 삼게 될 줄은 물론이고 만지게 될 줄도 몰랐던 내가 꽃에 단단히 빠졌다. 꽃이 좋기도 했지만, 정년 없는 나만의 일이 필요하다고 고민하던 때 알게 된 꽃은 더 없이 매력적이었다. 스스로 그만두지만 않는다면 오래 일할 수 있을 것 같았다.

꽃을 만지기 시작한 3년 전부터는 주말도 휴일도 없다. 이렇게 지내는 걸 아는 주위 사람들은 내가 떼돈을 버는 줄 안다. '투잡러', 이렇게 말하면 엄청 있어 보인다. 실제로 사람들도 '능력자'라며 꽤 부러워하고 신기해한다. 하지만 실상은 다르다. 그렇게까지 능력자가 아닌 건 당연하고 모두 상상하는 것만큼 많이 버는 것도 아니다. 오히려 예상하지 못할 만큼 적게 번다. 무엇을 상상하든 그 이상일 거다. 진짜 손해나 보지 않으면 다행이다. 직장인으로서도 그렇고 플로리스트로도 아직 자리를 잡는 중이다. 지난 종합소득세 신고 때도 번 게 없으니 낼 세금이 없어 세무사의 도움 없이도 10분 컷으로 완료했다. 그 10분도 사실 국세청 홈페이지인 〈홈택스〉가 익숙했다면 더 빠르게 끝낼 수도 있었다.

투잡러로 사는 건 만만치 않다. 둘 다 내가 직접 움직여야 하는 직업이라 물리적인 시간이 부족하다. 하루 24시간을 나눠 쓰려면 잠을 줄이거나 개인 시간을 줄여야 한다. 특히, 바쁜 시기가 겹치면 그야말로 잠은 다 잤다고 봐야 한다. 피곤해도 할 수 없다. 두 가지 일을 하는 것이 양쪽 일에 양해의 이유가 되지는 않는다. 두 가지 일을 모두 좋아하지만 가끔은 '대체 내가 왜 이러고 사나?' 싶기도 하다. 도대체 무슨 부귀영화를 보겠다고, 진짜 누가 시켰으면 못 할 일이다.

정 힘들면 둘 중 하나를 포기하면 될 일이다. 등 떠미는 사람이 있는 것도 아니니 온전히 내 선택에 달렸다. 우리끼리 얘기지만 체력적으로 힘에 부치거나, 마음의 고비가 한 번씩 찾아올 때면 진지하게 고민했다.

'이제 그만할까? 내가 직장을 다니면 얼마나 다니겠어. 더 늦기 전에 하나에 집중하는 게 낫지 않을까?'

그때마다 나는 흔들렸지만, 지금까지 두 가지 일을 꾸역꾸역하고 있다. 단순히 좋아한다는 이유만으로는 부족하다. 둘 중 하나를 선택한다면 앞으로도 오래 일하고 싶으니까 좀 더 오래 할 일을 택하는 것이 맞다. 하지만 나에게 안정감을 주는 월급을 포기하는 건 쉽지 않다. 매번 망설이게 되는 건 둘 다 자신 없기 때문이다. 나의 선택에 당장 먹고 사는 일이 걸려 있다. 요즘 N잡이 붐이고 일부러 N잡러가 되지만 솔직히 나는 하나라도 잘하고 싶다. 나의 투잡은 현재의 생존이자 미래를 위한 투자다. 언제쯤 나도 다른 N잡러들처럼 넉넉하게 벌 수 있을까? 아주 넉넉해지길 바라는 건 아니지만 나에게도 연봉 1억이 현실이 되는 때가 오기는 할까? 내년? 내후년? 잠시 생각해 본다. 음…. 아무래도 내게는 그리 쉽게 오지 않을 것 같다.

혹시 꽃집으로 부자가 되어 잘 먹고 잘살았다는 이야기를 들어본 적 있는가? 꽃집 아가씨가 결혼해서 집도 사고, 아이들을 키우면서 집안을 일으켰다는 이야기는 동화 속에나 나온다. 아니, 동화는 아니더라도 예금이자가 10%를 훨씬 넘던 옛날에는 가능한 이야기였다. 아! 지금도 아주 잘 되는 꽃집들이 있기는 하겠지. 하지만 여러분이 만나는 대부분의 동네 꽃집은 그렇지 못하다.

요즘 꽃집이 N잡러 만큼이나 붐이다. 세련된 인테리어 공사를 마치고 멋진 간판을 단 꽃집이 동네에 또 오픈한다. 이미 작업실 근처 큰길에만 규모가 큰 꽃집 여섯 개가 있는데 하나가 늘었다. 모르긴 몰라도 카페만큼 많은 게 꽃집이 아닐까 싶은 정도로 많아도 진짜 너무 많다. 아마 진입장벽이 높지 않아서일까? 창업하는데 카페나 편의점, 치킨집처럼 특별한 장비나 큰 비용이 들지 않고 반드시 자격증이 필요하지 않은 것이 자영업으로 도전하기엔 나쁘지 않아 보이나 보다. 생기는 꽃집 간판만 봐도 '내가 잘하고 있는 걸까?' 생각이 많아진다.

직장생활 20년. 어느 순간부터는 더는 오르지 않는 연봉. 그나마도 언제가 끝일지 알 수 없는 직장인 인생. 작고 소중한 내 연봉을 조금만 더 키워보려고 투잡을 시작했는데 여전히 내 연봉은 작고 귀엽다. 다행히 둘 다 내가 좋아하는 일들이라 조금 힘들어도 즐거운 마음으로 하고 있지만, 불쑥불쑥 튀어나오는 불안함은 어쩔 수 없다.

"그럼 기준을 좀 낮춰 볼까? 아니, 내가 기대하는 연봉도 귀여운데 그 기준까지 낮추면 되겠니? 안 되면 되게 할 생각은 왜 못해?"

오늘도 내 마음은 바람에 흩날리는 갈대 같다. 어떤 날은 '더 열심히 살아야 하지 않겠냐?'며 스스로를 다그치다가 '그래 봐야 내가 세운 기준인데 괜히 마음 상하지 말자.' 하고 달랜다. 그래, 마음 상하고 몸 축나고 좋을 것이 없다. 꼭 어렵게만 가는 것이 인생인가. 안되면 그저 기준을 바꾸면 쉽다. 안 그래도 어려운 일투성이인데 이런 것쯤은 내 맘대로 해도 되지 않을까?

직장도 다니고 꽃도 만지면서 두 가지 일을 한꺼번에 하느라 매일 고군분투 중인 나를 보며 어른들이 질문한다.

"꽃으로 먹고살 수 있겠니?"
엊그제 우연히 작업실을 들여다보신 건물 미화 여사님도 물었다.
"이거 해서 먹고는 살아요?"

웃으며 "먹고 살아야죠. 일인데."라고 얘기했지만, 가보지 않은 길이라 솔직히 나도 알 수 없다. 투잡러에 초보 사장은 7만 원짜리 다발을 만들어 5만 원만 받기도 하고, 완성된 상품이 부족해 보여 한두 송이 더 넣고도 가는 손님의 뒷모습에 자꾸 신경이 쓰인다.

'맘에 안 드셨으려나?', '다시 안 오시면 어쩌지?'

그래도 일단 시작한 일이니 가보는 수밖에. 꾸역꾸역 어찌어찌 가다 보면 대답할 수 있지 않을까? 그때는 알 수 없었지만 나는 최선을 다했고, 행복했다고. 나는 내 일들이 참 좋다.

5

지금은 노 저을 준비 중

'아니? 벌써 또 월요일이라고? 지난 주말 이틀간 한 거라고는 이케바나 수업과 또 다른 수업을 들은 것밖에 없는데 벌써 주말이 다 갔다고?'

두 개 이상의 일을 하고 틈틈이 필요한 것들을 배우러 다니면서 주말 없이 지낸 게 벌써 3년째다. 요즘 나를 만나는 사람들은 신기해하며 묻는다.

"아니, 회사만 다니며 살기도 바쁜데, 어떻게 그렇게 바쁘게 살아요? 왜 그렇게 열심히 살아요?"

초등학교 6년, 중·고등학교 6년. 12년간 매년 개근상을 받았다. 지금

이야 개근상이 큰 자랑이 아니라지만 그때는 학생의 기본이자 성실함의 척도였다. 학교 가기 싫어 아프다는 핑계로 꾀를 부릴 때마다 엄마는 말씀하셨다.

"갔다 오더라도 학교는 가."

아픈 것은 학교 가지 않을 적절한 핑계가 되지 않았고 일단 등교하면 조퇴는 없다. 좀 아픈 데가 있어야 조퇴 얘기라도 꺼내 볼 텐데 이놈의 몸뚱이는 쓸데없이 튼튼했다. 그리고 내 연기력은 너무 짧았다. 엄마한테 안 먹히는 아픈 연기가 선생님께 먹힐 리 만무하다.

그 덕에 난 열심히 출석한 것 외에는 한 게 없다. 공부나 운동도 그렇지만 친구들과 노는 것도 그다지 열심히 해본 적이 없다. 꿈은 많았지만 뭘 잘하고 싶은 욕심은 없는, 무색무취의 아이였다. 뭐라는 사람이 하나도 없었던 대학 땐 그나마 할 줄 아는 '출석'도 거의 하지 않았다.

그러니까 왜 이렇게 열심히 사냐는 이야기는 최근 몇 년 사이에 처음 들었지만 내 인생에서 가장 많이 듣는 이야기 중 하나다. 그리고 그 '열심히'는 딱히 잘하는 게 없는 내가 조금 늦었지만 나를 위해 할 수 있는 것을 할 뿐이다.

나는 '운칠기삼(運七技三)'의 힘을 믿는다. 운칠기삼은 사람에게 일어나는 모든 일의 성공과 실패는 노력보다 운이라는 이야기다. 이렇게만 들으면 "어차피 모든 일은 운에 달려 있으니 열심히 할 필요가 없다."라는 말 같다. 요즘 많이 하는 이야기처럼 '될놈될'이랄까? 하지만 운을 타려면 그 전에 충분한 준비가 되어 있어야 한다. 흔히들 "물 들어올 때 노 젓는다."라고 한다. 노를 잘 저으려면 애초 노 젓는 법을 알아야 한다. 방법을 모르면 물 들어올 때 우왕좌왕하게 되거나 아니면 들어온 물에 빠져 허우적댈 뿐이다. 준비 없이 운으로 잘 되는 건 잠깐이지만, 준비가 잘 되어 있으면 운이 들어올 때 '대박'을 치게 되는 것이다.

예전에 어느 특강에서 사람이 성공하기 위해서는 꼭 필요한 '4CH'가 있다는 이야기를 들은 적이 있다. 내용은 이랬다.

첫 번째는 CHhance(기회)인데, 사람에게는 사는 동안 생각보다 많은 기회가 찾아온다고 한다. 흔히 살면서 인생에 기회는 세 번 온다고들 하지만 그보다 훨씬 많은 기회가 우리 주위에 널려 있었다.

두 번째는 CHoice(선택)이다, 기회가 많다고 다 내 것일 수는 없다. 어느 것이 좋은 기회일지 선택하는 것이 내 몫이다. 좋은 결과를 만들려면 신중하지만 빠르게 잘 선택해야 한다. 물론 기회를 선택하고 가만히 기다리기만 한다고 모두가 성공하진 않는다.

그래서 필요한 것이 세 번째 CHallenge(도전)이다. 그 도전의 정도는 사람과 상황에 따라 다르지만 성공하기 위해서는 반드시 도전이 필요하다. 그러고 나면, 그 후에 찾아오는 것이 CHange(변화)다.

어떤 기회를 잡느냐에 따라 사람의 인생이 달라진다. 좋은 기회를 잡아 도전하면 성공할 수도 있지만, 자칫 잘못된 동아줄을 잡으면 '인생 폭망'이다. 어쩌면 다시는 회복하지 못할 수 있다. 그래서 평소에 좋은 기회를 알아보는 눈을 키우고 남들보다 빠르게 선택하고 도전하는 순발력과 용기를 키워 긍정적인 변화를 만들어 내는 선순환이 필요하다. 이 과정의 시작에는 노력이 필요하다고 믿는다. 요즘 말하는 그 '노오력'이 아니라 나를 위한 '꾸준함'이다.

이번 주말부터는 8주간 새로 등록한 교육 프로그램이 시작한다. 나의
부캐인 플로리스트의 활동 영역을 넓혀보려고 생화 케이크 과정에 등록
했다. 이 프로그램을 들으려고 원래 수강 중이던 이케바나 과정은 한 달
을 미뤘다. 이미 본캐, 부캐로 사느라 주말은커녕 평일 저녁도 없는 것
을 잘 아는 친한 동생이 묻는다.

"언니, 내년은 없어? 왜 이렇게 열심히 살아?"

그러게. 가끔은 좀 쉬고 싶지만 다른 선택의 여지가 없다. 어떤 때는
이렇게 열심히 아등바등 사는데 벽을 만나는 것 같은 느낌에 힘이 빠진
다. 그렇다고 주저앉을 수는 없다.

내가 할 수 있는 것을 하면서 계속 갈 뿐이다. 현재 상황에서 할 수 있는 것
을 묵묵하게 하다 보면 내일은 조금 나아지지 않을까?

그 믿음으로 오늘도 열심히 산다. 이제 물만 들어오면 되는데, "물은 언제 들어오니? 들어오긴 할 거지?"

6

이번이 마지막 회사입니다

"끝날 때까지 끝이 아니다."

나는 정말 끝을 맺어야겠다고 판단하기 전에는 끝을 잘 얘기하지 않는다. 연애할 때도 그랬다. 정말 헤어져야겠다고 결심하기 전까지는 장난으로라도 그런 말은 꺼내지 않는다. 소리 지르고 싸우던 중이더라도 상대가 헤어지자는 말을 꺼내면 잠시 중단하고 진지하게 그 말이 진심인지 묻는다. 만일 홧김에 한 얘기라면 앞으로는 진짜 그럴 마음 없이는 꺼내지 못하도록 단단히 못 박아둔다.

직장도 마찬가지다. 회사 다니며 힘든 일은 늘 있다. 하지만 아무리 힘든 일이 있어도 정말 퇴직을 결심하기 전까지는 꺼내지 않는다. 회사든 집이든 친구에게든 똑같다. 일단 말을 뱉고 나면 그 말에 마음이 따라가는 것이 싫었다. 또 말이 앞서고 행동이 따르지 않을 때 가벼운 사람으로 보이는 것도 신경 쓰였다. 일이 힘들고 사람 때문에 지쳐도 할 수 있는 최대한의 방법을 찾아보고 안 되면 그때야 퇴사를 생각했다. 어느 회사에 다니든 근무하는 내내 지금 회사가 마지막 회사라고 생각하고 다녔다. 덕분에 20년간 여러 번의 이직 과정에서 동료들은 매번 놀랐다. 특히, "이놈의 회사 내가 그만둬야지."라고 습관처럼 말했던 동료들이 제일 당황했다. 평소에 그만둘 기미가 전혀 없던 나의 퇴사 소식을 접했기 때문이다.

예전에 다니던 어느 회사에서의 일이다. 가깝게 지내던 동료 몇 명은 하루가 멀다고 모여 앉아 회사가 얼마나 자기를 홀대하고 있는지 얘기했다.

"내가 이런 대접 받을 사람이 아닌데.", "내가 이렇게 비주류로 살아본 적이 없어. 대기업에서도 임원들이 내 말이면 벌벌 떨었는데 같잖은 회사가 나한테 감히…. 이게 말이 돼?", "오라는 데도 많은데 받은 스톡옵션 때문에 어쩔 수 없이 다니고 있잖아."라고 서로의 억울함을 호소했다.

매번 들으면서 궁금했다. 예전 회사가 그렇게 잘해줬고 '주류'로 살았다면 대체 왜 이직했을까? 그 회사에서 다시 오라고도 하고 이전 동료가 지분 줄 테니 오라고 한다면 어째서 가지 않을까? 스톡옵션보다는 지분을 받는 게 낫지 않을까? 그렇게 싫고, 오라는 데도 많은데 대체 왜 그만두지 않는 걸까? 그들이 힘들어하는 그 상황은 나도 비슷했지만 버티는 방법은 달랐다. 나는 할 수 있는 한 버텼다. 이왕 버텨야 한다면 회사를 탓하면서 버티고 싶진 않았다. 그래 봤자 내가 다니는 회사인데 내 얼굴에 침 뱉기밖에 더 되겠는가. 혹시 조직을 옮기거나 업무를 바꿀 수는 없는지 방법을 찾아 시도했다. 그러다 더는 내가 할 수 있는 일이 없다고 판단했을 때 이직을 결정했다. 결국, 날이면 날마다 퇴사를 이야기하던 그 동료들보다 내가 빨랐다. 소식을 들은 누구는 배신감을 느꼈고 또 누구는 부러움을 느꼈다고 했다. 내가 그만둔 지 벌써 몇 해가 지났지만, 그들 중 일부는 아직도 그 회사에 다니고 있다.

회사가 맞지 않는다면 그만두면 될 일이다. "절이 싫으면 중이 떠나면 된다."라고 하지 않는가. 회사의 정책이나 문화가 맞지 않고 동료나 상사가 마음에 들지 않는다면 서로 힘들 이유가 없다. 조용히 따르거나 본인이 맞출 자신이 없다면 당당하게 안녕을 고하고 떠나면 된다.

나는 정해진 영역 안에서 느끼는 안정감이 중요한 사람이다. 한번 '나의 영역'이라고 받아들이면 웬만한 것들은 이해하고 수용한다. 직장도 마찬가지다. 이제 '평생직장'이란 없다지만 입사와 동시에 뼈를 묻을 생각을 했다. 내가 앉을 자리만 주면 감사한 마음으로 금세 회사와 업무에 익숙해졌다. 자리를 정하지 않고 매일 다른 자리에 앉을 수 있게 해도 나는 늘 같은 자리, 같은 모습이었다. 예측 불가능하거나 낯선 환경에서 유난히 불안해하는 나의 성향 때문일 수도 있다. 환경을 바꾸고 싶지 않으니 빨리 익숙해지고 잘 버텼다. 역시 버티기에는 순발력보다는 지구력이다. 제일 좋아하고 잘하는 운동들도 오래 매달리기나 오래달리기 같은 운동들이다.

그래서일까. 어떤 상황이 벌어지면 금세 포기하기보다는 '이번이 마지막'이라는 마음으로 버틴다. 일이나 관계나 마찬가지다. 그렇게 마지막에 마지막까지 버티고 버티다 정말 안 될 때 포기한다. 성격은 급하고 일단 결정하면 행동은 빠르지만, 결정까지는 오래 고민한다. 특별히 내세울 것이 없는 내가 살아남기 위해 본능적으로 발달시킨 나만의 생존 노하우다.

매번 지금 다니는 회사가 마지막이라고 생각했던 나는 20년간의 직장생활 동안 진심으로 나의 회사들을 사랑했다. 마지막이라 생각해서인지 그만큼 더 애틋했다. 마치 지금 만나는 사람을 드디어 만난 내 인생의 마지막 사랑이라 느끼는 것처럼 말이다. 하지만 지금까지 다닌 곳들은 마지막은 아니었고 지금 회사도 마지막일지는 알 수 없을 일이다. 참고로, 지금 회사는 나에게 13번째 회사다.

오늘 난 또 말한다. "지금 회사가 내 인생의 마지막 회사입니다."

그리고 한마디 더 보태자면, "대표님, 진심입니다."

오늘보다 내일이 더 걱정인 나, 그리고 당신에게

당신의 직장생활은 안녕하십니까

직장생활을 하는 20년 동안 줄곧 노심초사하면서 살았는데 이제는 다가올 내일이 걱정입니다.

언제 시간이 이렇게 흘렀을까요? 직장인이 아닌 나도 정말 괜찮을까요?

잠시 눈을 감고 상상할 수 있는 최악의 상황을 떠올려 봅니다.

잠깐! 이런 상상, 처음이 아닌 것 같아요 맞아요. 그동안 숱하게 했었죠 물론 한 번도 실제로

일어난 적은 없었고 아마 앞으로도 그렇겠죠?

그러니 우리 쫄지 말아요. 지금처럼 묵묵히 간다면 내일은 생각보다 괜찮을 테니까요.

나와 당신의 내일을 응원합니다.

오늘도 안녕?
20년 차 직장인

최근 다니던 회사에서 퇴사하게 되었다. 2월 말의 일이다. 그게 4월이냐 6월이냐에 대한 시기의 문제가 있기는 했지만, 정해진 일이었다. '이제 진짜 코앞이구나.' 싶어 '곧 준비해야겠다.' 했지만 그래도 꽤 갑작스러웠고 퍽 심란했다. 어차피 내 일을 해보고 싶었던 터라 그때가 가까워지고 있다고 생각했지만 아직은 아무 준비가 되지 않았다.

이제 40대 후반. 정년퇴직까지는 아니어도 직장인으로 좀 더 오래 살 수 있을 줄 알았더니 이렇게 무대에서 빨리 내려올 줄이야. 이직한다고 하면 쉽지는 않아도 할 수는 있겠지만, 지금 이직하면 3년 동안 준비해온 내 일은 물거품이다. 어떤 선택을 해도 선택하지 않은 쪽에 대한 후회는 남기 마련이다. 되도록 후회가 남지 않는 결정을 하려고 어떻게 해야 할지 오래 고민했다. 그리고 20년으로 직장생활을 마무리하기로 했다. 매일이 안녕한 직장인이 되고 싶었던 내 바람은 그렇게 갑작스럽게 끝이 났다. 무엇보다 나의 오랜 직장생활이 이렇게 갑자기 마무리된다는 아쉬움이 가장 컸다.

한 6~7년 동안 워낙 정신없이 살면서 많이 지쳐 있던 상태라 당장은 홀가분한 마음도 있다.

'어떻게든 되겠지, 설마 굶기야 하겠어.' 싶은 20대에도 안 가져본 '에라, 모르겠다.'라는 마음이 49%. 내 이름으로 된 거라곤 아직 할부가 남은 작은 자동차 한 대일 뿐 여전히 월세 사는 내가 진짜 괜찮을까 하는 마음도 51%는 있다.

이대로 내가 꼬박꼬박 들어오는 월급 없이 월세나 제대로 낼 수 있을까? 진짜 넉 달 있다가 집주인이 월세 올려달라고 하면 선택의 여지없이 나가야 할 것 같은데…. 그래서일까? 원래도 늦잠은 잘못 자는 편이지만 지난밤 3시 넘어 잠들었는데 9시도 안 되어 눈이 떠졌다.

'아, 어떻게 하지? 진짜 상가를 알아봐야 하나? 그러려면 집이랑 작업실을 나눠야 할 것 같은데. 집은 또 어디로 가지? 이 많은 짐이 들어갈 집이 있을까? 이제 어디로 가야 하나?'

제대로 떠지지도 않는 눈을 비비며 부동산 앱을 켰다. 한참을 들여다보자니 보면 볼수록 고구마 백 개를 삼킨 것 같은 답답함이 밀려왔다. 나한테는 1억도 없는데, 집값을 보다 보니 이제 1~2억 차이는 돈도 아닌 것 같다. 어제 바깥에서 엄마랑 동생을 만났을 때 별로 불안하지 않다며 괜찮은 척했는데 괜찮기는 개뿔, 나는 여전히 쫄보였다. 50대가 되기 전에 집도, 절도 없이 거리로 내쫓기는 게 아닌가 싶어 불안해 죽겠다.

보고 있다고 답이 나오는 것도 아닌 부동산 앱은 닫고 '인스타그램'이나 보자. 어디 보자. 밤새 무슨 재미난 일이 있었나. 엇! 열자마자 정신 번쩍 드는 피드를 만났다.

"서른여덟이었으면 쉬웠을까? 마흔여덟이었으면 두려움이 없었을까?

좋은 타이밍이라는 게 따로 있을까? 모든 운이 따라주고 인생의 신호등

이 동시에 파란불이 되는 때는 없어. 모든 것이 완전하게 맞아떨어지는 상황은 없는 거야. 만약 그게 중요하고 결국 해야 할 일이면 그냥 해. 넌 이미 어른이야. 최소한의 자격은 갖췄다고 본다. 앞으로도 완벽한 때란 없어. 지금 네가 할 수 있느냐 없느냐가 문제다."

웰메이드로 소문난 오래된 TV 드라마 〈골든타임〉에 나왔다는 대사가 내 뼈를 때린다. 대사처럼 서른여덟의 나도 쉽지 않았다. 아닌 게 아니라 마흔여덟의 나도 두려움투성이이다. 하지만 이대로 앉아 있을 수는 없지.

일단 하자. 내가 할 수 있는 그것부터 하자. 상가고, 집이고, 이사고, 뭐고 그건 그다음 일이다. 해보고 그다음에 고민하자. 고민만 한다고 문제가 저절로 해결될 리가 없다. 퇴사하기 전까지의 나는 몸은 피곤해도 마음만큼은 더없이 안녕했다.

20년 차 직장인은 10년 후에도 '직장인'일 줄 알았지만, 인생은 원래

뜻대로 되지 않는다. 10년 전의 나도, 5년 전의 나도 지금의 내가 이렇게 살고 있을 줄은 몰랐다. 아니 지난해만 해도 몰랐다. 작년 한 해를 시작하면서 세웠던 계획보다 많은 일을 벌였고, 그 많은 것들을 해냈다. 그리고 난 그만큼 또 자라 있었다.

그냥 그렇게 아무 생각 없이 묵묵히 살다 보니 그리되었다. 할 수 있는 것부터 하면서 하루하루 살다 보면 어떻게든 되어있겠지. 설마 진짜 굶기야 하겠어? 생각해 보니 늘 걱정했지만 진짜 굶어본 적은 없다. 어떻게든 살았고 나는 더디게 나아갔다.

그래, 그럼 이번 달은 좀 쉬어볼까? 일단 하는 건 다음 달의 나에게 맡겨보자. 자고로 내일이란 오늘 못한 일을 하라고 있는 거라고 했다. 늘 기특하고 성실한 나야! 너만 믿는다. 다음 달에도 잘 부탁해!